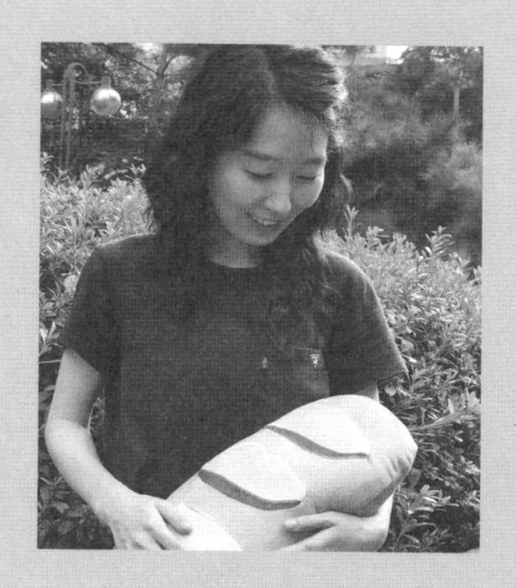

심민아

부평에서 자랐고, 홍익대에서 문학과 미학을 공부했다.
2014년《세계의 문학》신인상으로 데뷔했다.
시집『아가씨와 빵』이 있다.

키코게임즈:
호모사피엔스의
취미와 광기

키코게임즈: 호모 사피엔스의 취미와 광기

오늘의 젊은 작가 38

심민아
장편소설

민음사

차례

W ↑ 키코,

먹고살기,

어떤 멀미

늦잠과 버스 연착과 미친 날씨. 망할 트리플 콤보로 지각 직전에야 간신히 회사에 도착했다. 나는 물이 질질 흐르는 우산을 후다닥 손으로 대충 말아 쥐고 1층 엘리베이터 로비로 뛰어들었다. 바짓단과 어깻죽지는 물론 머리털도 찝찝하게 잔뜩 젖어 감은 지 두 시간 만에 떡져 가고 있었다. 이렇게 곤란할 때 나를 달래 주는 것은 역시 월요일 영혼의 선곡, 데스메탈뿐이다. 내 고막에 대고 나 대신 남의 두개골과 지구를 번갈아 부수어 주는 고마운 음악. 다행히 지하에서 올라오는 엘리베이터가 눈앞에 바로 섰다. 하지만 내부는 나와는 다르게 물기 하나 없는 사람들로 이미 만원이었다. 지하에 차를 대고 올라온 자차 운전자들. 안에서 알 수 없는 얄미운 손이 닫힘 버튼을 빠르게 연타하고 있는 것이 보이는 듯했지만, 이미 팀장 놈에게 찍히고 찍혀 일백 번 고쳐 찍힌 몸이었기에 그 기회를 놓칠 수 없었다. 사력을 다해 안으로 파고들었다. 푹 젖은 채 김을 뿜는 내 꼴이 더러워 보였던 탓일까. 때 아닌 모세의 기적이 일어나 잽싸게 들어갈 수 있었다. 사람들의 짜증이 느껴졌다. 인간은 정말이지 흥미로운 존재다. 본인은 뽀송한 가운데 쫄딱 젖은 사람 하나가 나타나 곁에서 김만 뿜어도 열받는 존재.

수능시험을 치른 해에 신도림역에서 목격했던 사건이 생각났다. 연말, 러시아워 즈음이었던 것 같다. 그날 객차는 말도 안 되는 수의 인간들로 가득차 있었다. 차가 땅속으로 처박히지 않고 그럭저럭 나아가고 있는 게 신기할 지경이었다. 사람들은 매일 빨 수 없는 모직 코트와 패딩 점퍼에 곱게 응축해 둔 다종다양한 악취를 뿜어냄으로써 자신이 복된 연말을 맞이하여 얼마나 잘 먹고 잘 마셨는가를 증명했다. 나의 예민하고 성능 좋은 코를 근거로 하자면, 아무래도 돼지갈비의 비율이 높은 것 같았다. *존경하는 서울 시민 여러분, 안녕하십니까. 송구영신. 해피 뉴이어. 새해에는 옷을 제발 빨고 다닙시다.* 인간은 정말이지 흥미로운 존재다. 가까이 붙어 숨을 쉬는 것만으로도 상대를 열받게 할 수 있는 대단한 존재.

그런데 그때 저 멀리서 갑자기 길이 열렸다. 맙소사, 길은커녕 정말 단 몇 밀리미터의 공간이 생기는 것도 불가능한 혼잡도였지만, 그러든 말든 길이 실제로 열리고 있었다. 사랑스러운 우리의 크레이지 헬 시티 서울시 서부권에서 작은 홍해를 열어 버린 위대한 자는, 노숙자로 추정되는 어떤 아저씨였다. 모세 할아버지에게 마법의 지팡이가 있었다면 이 험한 서부의 아저씨에게는 유성 매직이 있었다. 아저씨가 뚜껑 없는 유성 매직을 내민 채 전진할 때마다 고약한 냄새의 시민들이 이리 밀리고 저리 밀리고 했다. 아저씨만을 위한 작은 레드카펫을 그려 주던 빨간색 유성 매직의 추억.

회사 엘리베이터에 끼어 탄 채 10년 전 기억을 떠올린 까닭은 음악 때문이기도 했다. 그 시절 등하굣길에 듣던 음악이나 출퇴근길에 듣는 음악이나 다를 것이 없다. 인간의 음악 취향은 크리티컬한 10대 시기에 뇌에 크리티컬하게 박혀 버린다는 주장이 있다던데, 내가 그 근거 자체인 것 같다. 나는 계속해서 하나의 다크한 애새끼인 것이다. '저 아저씨 존나 멋있고 존나 이상하다…….'라고 생각하던 신도림의 뽀송한 애새끼는 10년 후에, '내가 그때 그 아저씨 같군…….' 하고 생각하는 축축한 애새끼가 되었다. 변한 것이 없다. 계속해서 지구를 때려 부수는 음악을, 누워서 뒹굴뒹굴 영화나 책 보기를, 지구의 마지막 희망인 냥님과 개님들을 좋아한다. 인간을 관찰하는 것도 솔직히 좋아하지만, 인간들과 엉기는 것은 아무래도 싫다.

나는 쫄딱 젖은 채 우뚝 서서, 쾌적한 엘리베이터 안에 기가 막히게 촘촘하게 자리 잡은 사람들의 정수리를 관찰했다. 스마트폰 게임 화면을 들여다보느라 바쁜 푹 숙인 정수리들. 출근길에 본 경기 버스 방송에 따르면, 인간 머리털의 가마 방향은 태아 시절에 정해지는 거라고 한다. 태아가 솜털 발달 단계에 어떤 위치와 방향을 잡고 있느냐에 따라 앞으로 자라날 털의 방향이 결정된다는 것이다. 이런 지저스! 엄마 배 속에서 결정되는 것은 왜 이리 많단 말인가. 사람들이 다들 정수리 근처에 오래된 선택을 나름대로 박은 채 이렇게 구부정하게 서서 게임 세팅을 하느라 바쁘다고 생각하니, 하루 이틀 본 광경도 아니지만 특히 더 이상하다는 생각이 들었다. 정수리 우파와 좌파는 타고나는 것이다. 코스튬을 바꾸고 있는 저 파마 아저씨는 태아 시절을 오른쪽 중심으로 보냈을 것이다. 아침부터 현질한 물약을 들이붓는 중인 저 염색 머리 언니는 왼쪽 선호자였을 테다. 그렇다면, 정수리에 털이 없는 저 게임 해설 시청자 아저씨는 각성한 단독자 같은 것인지. 나는 30년 전 태아 시절을 아무래도 오른쪽으로 웅크리고 보냈던 걸까……. 그 오른쪽 가마를 따라 활발하게, 빗물 묻은 기름이 콸콸 돌기 시작한 비 내리는 아침.

남들을 치지 않게 조심조심 팔을 허우적대며 가방에서 사원증을 꺼낸다. 내 이름 조유라가 보이지 않게 곱게 손으로 말아 쥐고 있다가, 엘리베이터가 7층에 도착하자마자 서둘러 내려 자리로 뛰어가는 반복된 일. 파티션 너머에서 팀장이 못마땅해하고 있을 것이다. 안 봐도 비디오다. 어쨌든, 10시 정각 5초 전에 인트라넷에 접속하는 데에 성공했다.

나는 이곳 키코게임즈에서 게임 기획자로 일한다.

*

무슨 일을 하느냐는 질문을 받으면 게임 기획자라고 답한다. 하지만 나의 두 번째 팀장이자, 감성병자이자 복지부동이 신조인 팀장 놈은 기획자라는 단어를 쓰는 것을 싫어한다. 대신 디자이너라는 단어를 선호한다. 우리는 머릿속의 것을 구체화시키는 일을 하는 사람들이라는 것이다. 무에서 유를 창조하는 사람. 이 시대에 사랑받는 최고 인기 문화, 종합예술을 만들어 가는 사람이 바로 게임디자이너라면서. 팀장은 우리에게 디자이너로서의 정체성을 가지라고 늘 닦달한다. 아. 참으로 달콤하고 멋있고 그럴듯한…… 소리이다……. 여기에 박수를 쳐 줄 용의가 약간은 있다, 만약에 팀장 놈이 이런 훌륭한 이야기를 약간, 아주 약간이라도 실천하는 인간이라면.

그러나, 전혀 아니기 때문에, 팀장 네놈은 아무래도 망태 할머니표 진정성 곰방대의 따끔한 맛을 봐야 한다. 신도림 외선 순환표 빨간 유성 매직의 불벼락을 맞아야 한다. 팀장 말은 결국 뭐 다 개소리라고 생각한다. 헤이, 팀장. 당신의 개똥 철학에 C+ 드립니다. 회사 밖에 강연 나가서 멍청한 대학생들 앉혀 놓고 하기 좋은 소리, 목에 힘주고 힙해 보이는(그러나 끝끝내 힙하지는 않다는 것이 끝끝내 결핍을 남기는) SNS에서 떠들기에 그럭저럭 괜찮은 소리 정도는 되겠습니다만?

아니, 뭐 한번 더 생각해 보면 맞는 소리이기는 하다. 과금과 가챠와 양심 없는 카피가 곧 우리 시대의 사랑받는 문화이며 종합예술이라면 말이다. 그러거나 말거나, 나는 게임 기획자다…… 게임 개발자다…… 게임디자이너다……. 무슨 상관인가. 결국 뭐, 게임 나부랭이라는 뜻이다. 댓츠 올.

지금 내가 몸 담은 팀 이름은 오메가(Ω)-3다.(웃어도 된다, 하지만 아직 웃기엔 이르다.) 팀 이름을 들으면 제약 회사 영양제 팀 같기도 하고, 어떤 면에서는 테슬라나 스페이스X 찜 쪄 먹는 엄청난 것을 하는 데 같기도 하지만, 간단하게 말하자면, 그냥 싸우고 부수고 경쟁하는 그런 흔한 게임을 만드는 팀이다.(불행히도 이건 나 혼자만의 생각이지만.) 우리는 키코게임즈가 세상 게임의 끝을 보여 주겠다며 제작 중인 비공개 프로젝트

'오메가'에 투입되어 있다. 한창 폴리싱 단계인 이 프로젝트는 나름대로 엄중한 대외비인지라, 매일 지랄 맞은 보안 인증을 몇 번씩 거쳐야 한다. 이 보안은 '우주선'을 위한 것이다. 무슨 말이냐면, '우주에서 우주선끼리 치고 박고 싸우는 게임'이라는 설정을 지켜야 하는 것이다. 아아. 우주, 호모사피엔스의 욕망이 드글대는 거대한 보이드. 그러니까 이 게임은, 우주선 스페이스X의 가상적 픽셀 버전을 애써 제작한 다음 그걸 픽셀 이펙트로 못 때려 부숴서 안달하는 것이라고 요약할 수 있겠다. 이것을 위해서 오메가1팀과 2팀과 3팀과 4팀의 인간들은 하루 종일 문서를 쓴다. 디자이너다운 창의적이고 효율적인 협업과 시대에 대한 미적인 고민…… 물론 그런 것은 없다. 각자 주구장창 테스트를 하고 문서를 쓴다. 특별히 구매한 대단한 툴 같은 건 당연히 없고, 마이크로소프트 워드와 엑셀을 사용한다. 종합예술이고 뭐고, 다 사치다. 몸을 사리는 능력이 그렇게 탁월할 수 없으며, 동시에 도저히 정체를 알 수 없는 감성 타령을 매일 해 대는 나의 팀장이 가장 예민하게 구는 지점은 스타일 통일과 문서 버전 관리다. 그 외에 비주얼 스튜디오를 틈틈이 만진다. 별거 없다.

제일 중요한 점은, 우리 팀이 작업하는 문서는 우리 팀의 아이디어를 구체화하는 문서가 아니라는 점이다. 그것은 하늘에서 떨어지는 핫키 본부의 가이드와 뜬구름 잡는 소리를 충실히 구현해 내는 문서다. 핫키가 우리의 주인이다.

*

모든 게임 회사들이 다 그렇듯이, 키코의 실세도 사업 관련 본부다. 왜? 돈이 중요하니까. 소중하니까. 키코게임즈의 실세, 사업 본부의 이름은 핫키다. 대표의 사랑을 받는 유일한 본부. 홍보도 하고 언론 대응도 하고 이것저것 행사도 만들어 치르고 사업 관련 숫자도 뽑지만, 무엇보다 훈수를 잘 두며, 어찌나 말도 안 되게 창의적인지 아무도 삼킬 수 없는 아이디어를 잘도 던져 주는 아주 은혜롭고 고오마운 놈들이다. 감 놓아라 대추 놓아라. 어쨌든 우리는 핫키의 지휘 아래 한여름에도 새빨간 홍시를 구하고 태풍 몰아치는 망망대해에서 홍시만 한 대추를 딴다. 도대체 어떻게? 뭐, 어떻게든.

여기, 키코게임즈의 대표 기고원 씨는 무척 재미있는 인간이다. 그는 언론에 나기를 참 좋아하며, 지금보다 더 유명해지고 싶은 욕구로 가득차 있다. 하지만 그러면서도 신비로운 힙스터 이미지를 원해서 발 벗고 SNS를 하지는 않는다. 그런 인간들이 다들 그러하듯이, 스스로 남다른 미감과 탁월한 윤리 감각이 있다고 생각 — 물론 착각이지만 — 하는 인간이기도 하다. 한마디로 이것저것 다 갖고 싶어 하는 골치 아픈 인간이라는 뜻이다. 나는 진심으로, 대표가 일단 머리부터 풍성하게 심고 본격 전업 인플루언서로 나서는 게 낫겠다고 생각한다. 어떤 의미에서 키코게임즈를 경영하는 것은 이미 대표가 아니기 때문이다. 키코게임즈의 가장 중요한 경영 주체는 인터넷 게시판의 댓글이다. 못생긴 밈과 경박한 시대 정서에 물든 엉망진창의 그것. 그깟 몇 바이트 텍스트에 따라 회사 분위기가 출렁이는 곳이 바로 여기다.

핫키 놈들은 참 영리하게 일을 잘한다. 그리고 그 '영리'의 윤곽에는 추악함이 깃들어 있다. 예를 들어, 고졸자들이 회사에서 겪는 치사한 차별에 대한 이야기가 사회 이슈가 되면 핫키에서 먼저 발 벗고 나서서 메시지를 내는 것이다. 저희 키코게임즈는 절대 학력에 따른 차별을 하지 않습니다. 고졸도 대졸과 같은 임금을 받습니다. 실력은 학력에서 나오지 않습니다. 물론 사실이다. 인터넷상에서 좋아요가 쏟아질 만한 훈훈한 사실이다. 실제로 키코게임즈는 매년 고졸 사원을 선발한다. 딱 두세 명 정도. 그들은 *키코인이라 행복해요, 첫 회사가 키코라서 감사해요* 하면서 핫키 피플 인터뷰에 아직 사춘기의 흔적이 남은 얼굴을 박제당한 후, 업계 평균을 따라 1~2년쯤 후에 끝내 재수학원이나 다른 회사로 떠난다. 그러는 동안 우리의 평등한 키코게임즈는 고졸 사원의 몇십 배나 되는 수의 석박사를 뽑는다. 사회와 집안의 근심 덩어리, 고학력 백수를 막 탈출해 키코게임즈 사원증을 얻는 데에 성공한 석박사들은 이제, 고졸자와 대졸자와 사이 좋게 같은 임금을 받게 된다. 왜? 키코게임즈는 학력 차별 따위는 하지 않는 힙한 회사니까.

매사 이런 식이다. 진짜지만 진짜가 아닌 것, 거짓말이지만 거짓말이 아닌 것의 아슬아슬한 선에 미리 알박기를 하고 누워 버리는 것이다. 그 너머를 궁금해하는 사람은 의심병 환자 취급을 받는다. *너는 왜 그렇게 꼬였니. 매사 부정적이야. 좀 긍정적으로 살아. 좋은 것만 보라고.*

*

사실 나는 게임이 뭔지 거의 모르는 채로 키코게임즈에 들어왔다. 그냥, 모든 것이 어쩌다 보니 그렇게 흘러갔다. 국내에서는 실패했으나 중국에서 우연히 중대박을 친 MMORPG 게임(지금도 회사 전체가 이것에 기대 먹고산다.) 덕분에 기세등등해진 대표가, 유라시아 전체를 접수하겠다는 목표로 낸 채용 공고를 우연히 봤을 뿐이다. 취준생 시절, 증명서 만료일은 왜 그렇게 냉정하게 자주 돌아왔던 걸까. 수수료 몇 푼 더 아끼겠다며 졸업한 학교까지 기어가서 취업지원센터 증명서 발급기에 줄 서 있던 그날의 기억. 모교 명물인 소시지빵을 뜯어 먹다 읽은 키코게임즈의 공고는 나에게 그럭저럭 가능성 있는 것이었다. 가족을 따라 어린 시절을 베트남에서 보냈고, 수능점수에 맞춰 불문학을 전공했으니까.

그날 저녁 식탁에서였던가. 키코 채용 공고를 본 이야기를 꺼내자 하나뿐인 동생은 나를 말렸다. 조급한 것은 알지만, 그래도 게임을 잘 알지도 못하는 언니 같은 사람이 웬 게임 회사에 지원하느냐는 당연한 만류였다. 나보다 훨씬 빠릿빠릿하고 여기저기서 얻어들은 것이 많은 애답게 커리어 걱정도 해주었다. 운 좋게 붙는다고 해도 어차피 애매한 팀에 가게 될 것이고, 그렇게 핵심 팀도 아닌 데에서 일해 봐야 커리어 꼬여서 나중에 더 개고생한다는 이야기였다. 그러나 나는 그걸 못 들은 척했다. 그게 어디든, 일단 지원하고 떨어지는 루틴 — 그딴 것도 루틴이라고 부를 수 있을지 모르겠으나 — 이 작동하고 있지 않으면, 그게 너무 불안했기 때문이다.

제발 돈을 벌고 싶었다. 나는 동생이 빌린 석촌동 집에 사실상 얹혀사는 처지였다. 우리가 사는 주상복합의 전세금은 내 입장에서는 상상할 수 없는 거액이었다. 그건 야무진 동생이 대출과 저축과 투자로 마련한 돈이었다. 동생이 자기 명의의 전세 대출금을 착실히 갚으며 방 한 칸을 내주는 대신, 나는 값비싼 관리비와 광열비 따위를 빠듯하게 댔다. 물론 몫을 나눈 기타 생활비와 내 학자금 대출 등도 큰 부담이었다. 게다가 월세의 압박이 언제 생길지 몰라 불안하던 차였다. 동생이 부동산 사장님을 통해 들은 정보에 의하면, 이 건물 임대인들도 반전세의 유행에 따라 서서히 월세를 받기 시작했다고 했다. 맙소사. 집주인이 새 계약서를 팔랑대며 들이민다면…… 도저히 아르바이트비로 그것까지 낼 수는 없을 것 같았다.

그리하여 그날 밤, 동생의 만류에도 불구하고 랩탑 앞에 들어앉아 끙끙대며 급조한 건 저 조유라, 키코와 함께 유라시아를 누비는 꿈을 꿉니다 하는 웃기지도 않은 구라였다. '이게 도대체 무슨 짓이지?'라는 생각과 '그래서 여기에 도대체 무슨 의미가 있지?'라는 생각을 멈출 수가 없었지만, 어쨌든 지원을 해 버렸고, 그런데, 어라? 붙어 버렸다. 그게 전부였다. 운이 좋았던 걸까, 나빴던 걸까.

*

키코에서 내가 처음 들어간 팀은 월드 팀이었다. 누가 언제 들어도 ……네? 뭐라고요? 한 번 더 묻던 그 재미난 이름의 팀. 이런저런 국적을 가진 사람들이 이런저런 사정과 이런저런 인생의 우연 속에 이렇게 저렇게, 이링공뎌링공 섞여 있던 팀. 나는 그 혼란스러운 팀 소속으로 정말 열심히 일을 했다…… 기보다는 위에서 대책 없이 일단 뽑아 놓은 외국인 직원들의 온갖 뒤치다꺼리를 하느라 정신이 없었다. 인생에서 처음 겪는 본격 사회 경험이었고, 특수하다면 특수한 상황 속 비교군 없는 조직이었기 때문에 미래에 대한 조언을 들을 수 있는 데가 없었다. 못하는 영어 때문에 매일 허덕이느라 커리어 확장 같은 건 상상도 하지 못했다. 똑똑한 동생은 역시 그렇게 될 줄 알았다며 내 애매한 포지션을 걱정해 주었지만, 나는 그저 처음으로 누리는 돈 걱정 덜 하는 삶을 유지하고 싶었다.

그리고 또 하나, 지긋지긋한 자기소개서를 더 안 써도 된다는 것이 황홀할 정도로 좋았다. 나는 지금도 궁금하다, 온갖 회사들과 문화재단에서 내 본적과 혈액형 따위를 도대체 왜 요구했던 건지. 커다란 피 주머니라도 필요했던 걸까. 키코에서의 업무에 딱히 미래가 있어 보이지는 않았으나, 그래도 그런 이상함과 떨어져 있는 것이 좋았다. 일단 입술에 달콤한 풀칠을 할 수 있다는 것, 식당 카운터의 명함 이벤트에 동생과 나란히 참여할 수 있다는 것이 좋았다. 그때는…… 일단은.

월드 팀 분위기는 확실히, 다른 일반 개발 스튜디오보다 덜 끈적하고 덜 너드 같았다. 당시 우리의 배이현 팀장님은 놀라운 리더십 — 이라고 일단은 적지만, 굳이 설명하자면 한국인으로 이루어진 조직에서 어떻게든 새어 나오는 유교적 질서에 애써 저항하는 영웅적 결단력에 특유의 나른한 긍정주의가 묻은 케세라세라적 귀찮음을 더한 것이랄까 — 으로 우리를 한 바가지에 비벼 넣지 않고 그냥 개개인으로 내버려 두었다. 그는 실로 21세기의 황희 정승이었다. 누렁소는 누렁소의 일을 하며 누렁소의 칭찬을 받고, 검정소는 검정소의 일을 하며 검정소의 격려를 받았으니까. *음머어.* 누렁소와 검정소는 서로 비교당하거나 선배 후배 언니 오빠 형 누나로 대충 섞이라는 압박을 받지 않았다.

나는 월드 팀의 기다란 얼룩소로서, 누렁 일도 아니고 검정 일도 아닌, 이도 저도 아닌 얼룩의 일들을 겅중겅중 뛰어다니며 했다. 하고 또 했는데, 해야지 뭐 어쩄겠나. 화상 면접과 회의를 살피며 시차를 생각하고 신규 입사자의 입국 가능 일정을 확인해 회사가 기숙사용으로 리스트 업해 둔 숙소 정보를 전달할 때는, 일을 하면서도 내가 무슨 팀인지 혼란스러웠다. 모르긴 몰라도 일반적인 회사라면 아마도 인사팀이 할 일이 아닌가 싶었기 때문이다. 월드 팀 사람들 각자의 명절을 티나지 않게 눈치껏 챙겨 약간의 감동을 주고 팀원들이 무의식적으로 서로의 종교 문화적 금기를 건드리지 않도록 미리미리 무형의 투명한 장애물을 치우는 동안에는, 오다가다 본 외교 의전을 주먹구구로 급조해 따라 하는 신생국가의 사수 없는 말단 공무원이 된 기분이었다. 얼떨결에 외국인근로자 관련 법을 낑낑대며 읽을 일이 생기면, 나도 모르게 사기를 치는 가짜 변호사가 된 것 같아 무섭기도 했다. 키코식 용어와 한국 게임계의 축약어 따위를 회사 위키에 업데이트할 때나, 각국의 업계 동향과 사회 이슈를 문서 하나로 묶어 팀장님 확인을 기다리는 동안에는 성가신 교양 과목 리포트를 쓰며 잡지식을 쌓아 가는 학부생으로 돌아간 것 같기도 했다.

그러면서 자연스레 매일 얼굴을 맞대는 다국적 인간들의 대화 상대가 되었다. 굉장히 사소하면서도 복잡한 일상에 대한 맨투맨 조언자였달까. 주말에 언어 교환 모임에 나갔다가 봉변을 당한 사람의 하소연을 들어 준다든가, 급여 지급일마다 한국인이 읽어도 무슨 소리인지 알기 힘든 은행 애플리케이션의 비문 범벅 알림을 풀어 말해 준다든가, 왜 도로명 주소와 지번 주소가 다르지만 같고, 같지만 다른지 설명해 준다든가 하는 그런 것들. 일이라기에는 꽤나 이야기이고, 그렇다고 사적인 이야기라기엔 솔직히 일인.

가끔씩은 도대체 왜, 한국 지하철의 할머니 승객들은 죄다 무거운 것을 들고 다니기 좋아하는가, 그 파마 머리의 기원은 무엇인가, 하는 종류의 심오한 질문에 대답을 제대로 못 하기도 했지만 어쨌든, 안 되는 외국어로 안 되는 대화를 나름대로 열심히 할 때마다 미인가 국제 학교의 쓸데없이 헌신적인 담임교사가 된 기분이기도, 갓 오픈한 국제 기숙사에서 최저 시급을 받는 조교가 된 기분이기도 했다. 젠장, 나는 너무 착하기 때문에 아마 강제로 천국에 가게 될 것이다.

그래도, 사실 이것은 과거를 어떻게든 밀도 있게 반죽해 혼자 흐뭇해하려는 회상 특유의 이상한 원심력 때문이라는 것을 알지만, 그래도 분명, 그 월드 팀 안에서는 나름 재미가 있었다. 다국적의 젊은이들이 모였을 때 자연스럽게 터지는 즐거운 스파크, 레벨 테스트가 잘못되어 분반이 엉망진창으로 된 가짜 어학원 같은 업된 활기가 있었기 때문이다. 좀 이상한 이야기지만, 의사소통이 미끄러져 서로 환장하는 상황에서도 그걸 조각조각 맞춰 보는 묘한 재미가 있었다. 이를테면, 메르카토르 도법의 세계지도를 호몰로사인 도법으로 천천히 수정하는 감각이었달까. 문제해결 과정의 변태적 즐거움이랄까. 인간들과 다 같이 밤 새울 일이 있을 때, 새벽 3~4시쯤 되면 다들 피곤에 유머의 허들이 녹아 버려서 누가 재채기만 해도 헐렁헐렁 푸르륵 웃게 되는 그런 것이었달까.

이를 나쁘게 비꼬자면 흔한 스타트업적인, 남의 돈 무서운 줄 모르는 조증 걸린 신생 동아리의 주먹구구 정서라고 할 수 있을 것이다. 좋게 평가하자면 스타트업적인, 활발함과 밝은 가능성으로 무장하고 새로운 질서로 용감하게 나서는 모험가적 정서라고 할 수 있을 것이다. 그렇다. 웬만한 사람의 눈에는 언제나 썩은 콩깍지든 싱싱한 콩깍지든 콩깍지가 덮여 있는 법이다. 이것은 데이터나 사실의 문제가 아니라, 일종의 가치관과 선택의 문제. 솔직히 그냥, 기분의 문제. 당신은 깐 콩깍지인가 안 깐 콩깍지인가. 깐 콩깍지면 어떠하고 안 깐 콩깍지면 어떠한가. 깐 콩깍지나 안 깐 콩깍지나 콩깍지는 콩깍지인 것을. 인간들은 좋으므로 좋아하고, 싫으므로 싫어한다. 하찮은 기분 콩깍지 따위 너머의 진짜 투명함, 진짜 미래를 볼 정도로 맑은 눈을 지닌 사람은 정말이지 흔하지 않다. 나는 언제 어디서나 구제 불능으로 썩은 콩깍지를 주워다 끼지 않고는 못 배기는 쪽이라는 것이, 나의 불행이자 행운, 쾌이자 불쾌이겠으나, 월드 팀에서는 이상하게도 그럭저럭 늘 싱싱한 콩깍지 쪽이었다. 지나간 일에 대한 기억의 미화 작용을 차치하고도.

뭐, 어쨌든 소처럼 일했다는 것에는 변함이 없다. 잡다한 일들로 얼루룩덜루룩한 한 마리의 소. *음머어.* 게임 회사 직원인 주제에 게임에 대해 아무것도 몰랐고, 실제 업무도 게임과 별 관련이 없었지만 나는 막연하게라도 게임을 좋게 보려고 노력하고 있었다. 게임은 너무나 많은 인간들이 열광하는 대상이므로. 수많은 기술이 적용되는 대상이므로. 내가 키코게임즈에서 무슨 일을 하든 어쨌든 매일을 충실하게 보낸다면, 세상의 더 많은 사람들이 더 많은 재미를 누리는 데에 아주 작은 도움이라도 될 수 있을 것이라고 단순하게 생각했다. 아Q가 울고 갈 정신 승리였을까? 아니, 그때는 진심이었다. 맙소사! 역시 나는 강제로 천국에 가게 될 거야!

그 착각을 더 오래오래 굳게 믿을 수도 있었을 것이다. 만약 그 정도에서 퇴사했더라면. 아니 반대로, 차라리 내가 타고난 하드 게이머였다면. 만약에 내가 참된 너드라면.

*

아침, 판교행 버스에서 언제나 기이한 감각을 느낀다.

존재하지 않는 세계를 향해 존재하는 사람들이 존재하는 피곤을 달고 실려 간다. 존재하지 않는 세계를 0과 1로 만들어 화면 속에 반짝반짝, 진짜인 것처럼 만들려고, 지금 존재 중인 사람들이 존재하는 하품을 밀어 내며 실려 간다. 사람들의 검은 머리통은 저마다 서로 다른 판타지를 품고 있다. 뱀파이어, 외계인, 교복 차림으로 줄지어 선 미소녀들(심지어 고양이 귀와 꼬리를 가진), 엘프, 오크, 세이렌, 슬라임, 좀비, 드워프의 복잡한 공존. 마법과 기술이 횡행하는 세계. F=ma와 그래비티 위에 반과학이 흘러넘치는 세계. 크리스털과 생명

물약의 지배를 받으며, 유사 연애와 가짜 연애가 아무렇지도 않고, 우주 최강자들이 넘쳐 나는 세계. 그놈의 세계관이 넘치고 넘쳐 나는 세계. '그것'을 만들러 가는 만성 안구건조증 환자들이 스마트폰 액정으로 남들이 만든 '그것'을 보면서 '그것들'이 모인 '그곳'으로 가는 것이다…….

게임 회사촌 앞 전광판은 24시간 켜져 있다. *한국 게임산업 수출액 7조 돌파!* 나라가 먼저 나서 번쩍번쩍 자랑하는 숫자. 다 큰 어른들의 엉덩이를 펑펑 두들겨 주는 숫자. 저 거대한 숫자 속에 나의 집세와 학자금 대출, 점심값과 교통비, 책값과 의류비 따위도 들어 있을까? 내가 필요로 하는 숫자는 저 숫자에 비한다면 아무것도 아니지만 왠지 내 숫자는 저기에 안 끼워 줄 것 같다. 나는 하필이면 그 세계관의 입구에서 한없이 미끄러지는 사람이기 때문에.

숫자 자랑을 끝낸 전광판은 이제 인터뷰를 보여 준다. 관념, 숫자로 이루어진 상징을 보여 주었으니 이제 살아 있는 생물들을 꺼내 실물을 보여 주려는 것이다. 파닥파닥, 아주 건강해 보이는, 왠지 숨은 근육이 많을 것 같은 사람들이 등장한다. 사흘쯤 밤을 새우며 컵라면과 컵밥을 퍼먹어도 지치지 않고 묵묵히 버그를 잡을 수 있을 것 같은 사람들. 아아, 자랑스러운 산업의 역군들이다. 스냅백, 밝은 색의 티셔츠와 거대한 뿔테 안경, 바버샵에서 다듬은 턱수염으로 잔뜩 멋을 낸 사람들이 저마다 자기의 말을 한다. 그들은 매우 강한 확신을 가지고 있다. 세계관이 허락하는 자들이다. 스스로 우주 최강자가 얼마든 될 수 있는 사람들이다. 저 게임 세계에 인생을 바쳐 온 사람들. 그 비현실의 세계에 자신의 능력을 진심 어린 사랑으로…… 충분히 더하며, 또 더할 수 있는 사람들. 순정이랄까. 의심 없이 빽빽한.

*

입사 초기, 퇴근 직전 팀원끼리 옹기종기 모여 키코게임즈 간판 게임에 처음 접속했던 때를 잊을 수 없다. 키코의 게임답게 그것은 엄청난 고사양의 게임이었다. 왜 그렇게 '진짜' 같은 화면 구현을 위해 공을 들이는 걸까? 몬스터의 비늘을 화면에 아무리 현실감 넘치게 구현해 낸다고 해도, 어차피 현실에는 몬스터도, 비늘도, 심지어 그의 그림자도 없는데 말이다. 그런 그래픽 요소 하나하나는 대단한 계산력을 요구한다. 반사광을 찍어 내는 어마어마한 공식이 따로 있을 정도다. 나를 제외한 모두가 게임을 좋아하는 사람들이라, 집에 세팅해 둔 PC 사양이 다들 상당했다. 그런데도 키코의 게임들을 집에서 할 수 없는 경우가 종종 있을 정도로 회사 게임은 볼륨이 엄청났다.

그날, 나는 왼손을 키보드에, 오른손을 마우스에 착착 올리고 호기롭게 게임을 시작했다. 글로벌 누적 다운로드 수가 억을 넘는 게임이었다. 이미 수천만의 호모사피엔스가 이 게임을 즐겼을 것이다. 나도 남들처럼 재밌게 플레이할 수 있을 거라고 생각하며 문제의 '월드'에 진입한 순간, 나는 엄청난 장벽을 만났다. 세상에, 캐릭터 단순 이동조차 너무 어려웠던 것이다. 나름대로 최선을 다해서 조작했지만 내 캐릭터는 네댓 걸음에 한 번씩 담벼락에 처박혔고, 절벽에 끼여 버렸고, 아무것도 없는 투명한 공중에 덜렁 걸려서 버둥댔다. 뒤에서 구경하던 나의 다국적 팀원들은 세상에 어둠의 QA도 이런 어둠의 QA가 없을 거라며 눈물이 날 정도로 웃었다.

유우라, 유라 액션, 마치 나 젓가락질.

유라, 걷기 때 날기? 날기 때 걷기, 해요?

YURA! THE DARKNESS QUEEN!

그리고 걸음마 처음 떼는 아기의 주변에 몰려든 친척 어른들처럼 흥분해서 놀리고 응원하느라 한바탕 난리가 났다.

유라, 사용해요, 양-손. 제발!

유우라, 머리, 머리, NO! NO! NOOOOO!

MOVE! MOVE! Put your pointer THERE!

내가 봐도 진짜 웃긴 꼴이었다. 같이 박장대소하면서 엉망진창으로 플레이를 마치고 그런대로 즐겁게 퇴근했다.

하지만, 그날 귀가 후 몸이 평소와 다르다는 것을 느꼈다. 점심을 많이 먹지 않은 날이었는데도 배가 전혀 고프지 않았다. 내장 속 설명할 수 없는 어딘가가 불쾌했다. 그리고 극도로 피곤했다. 생리 전도 아닌데 왜 이럴까 불안해하며 일찍 잠자리에 들었지만 한밤중에 갑자기 코피가 쏟아져서 깼다. 곧이어 엄청난 두통과 오한이 몰려왔다. 끔찍한 몸살이었다. 간신히 오한이 멎었을 때 너무 토하고 싶어 내둘리는 머리를 붙들고 변기 앞에서 꺽꺽댔지만 몸에서 아무것도 나오지 않았다. 피범벅인 베개를 빨 엄두가 나지 않았다. 거울을 보니 여기저기 굳은 피가 묻은 얼굴이 핼쑥하기 짝이 없었다. 최악의 새벽이었다. 하필 동생도 집에 없는 날이었다. 탈진한 상태로 혼자 아침을 맞았다. 입사 극초반기, 아직 수습 딱지를 달고 있던 때라 병가를 내기도 애매했다. 아니, 아예 병가 내는 방법도 모르던 때였다. 택시를 타고 출근했다.

그때는 내가 살면서 하드한 게임을 처음 한 날이자, 3D로 구현된 화면에 처음 뛰어든 날이었다. 때문에 나의 원시인 뇌가 너무 놀라서 적응하지 못하고 격하게 거부반응을 보인 거였다. 27인치 모니터를 집중해서 쳐다봤다가 머리를 공격당해 몸살을 앓다니. 이런 하찮은 최약체 같으니. 내가 생각해도 어이가 없었다.

그런데 사실, 우리 집안 멀미의 역사는 유구하다. 1900년대 태생인 나의 증조할머니는 자동차 멀미를 너무 심하게 하는 분이라 아무리 먼 거리라도 되도록 걸어다녔다. 몇 시간씩 걷는 건 예사였다고 한다. 그의 딸인 할머니는 쇼 프로그램을 한창 즐겨 보다가도 무대조명이나 배경이 현란하게 움직이기 시작하면 텔레비전 채널을 바로 돌려 버렸다. 어지러움을 느꼈기 때문이다. 그리고 그의 딸인 나의 어머니는 대형 마트 방문을 최대한 피했는데, 세제나 방향제 코너를 지나갈 때면 그 화학적 냄새 군단의 공격에 예외 없이 두통을 겪었기 때문이다. 그리고 그들의 딸인 나는…… 이제 자동차도 탈 수 있고 텔레비전도 마음껏 볼 수 있고 마트 쇼핑도 좋아하는 몸으로 진화하는 데에는 성공했으나, 우리 집안보다 빠르게 발전한 현대 기술이 새로 내놓은 3D 화면에 적응하는 데에는 실패했다.

물론, 3D 멀미를 겪는 사람이 이 세상에 나 혼자는 아니다. VR 게임이 특히 심한 편인데, 실제로 멀미를 기술적으로 해결할 가능성이 보이지 않아 결국 개발 중단한 게임이 키코에도 있다고 했다. 내부 테스트 중 VR 기기를 끼고 NPC와 함께 맵 내부 광장을 달린 사람들이 특히 극심한 두통을 호소했다고 한다. 구토한 사람도 있고, 심한 사람들은 그다음 날까지 증상에 시달렸다는 도시 전설 같은 이야기였다. 그리고 아마 이제부터 그 심각한 키코 도시 전설에 내 이야기가 웃기지도 않은 잡스러운 포인트로 섞여 전승될 것이다. 젠장.

일반 FPS 게임을 하면서 멀미를 경험하는 사람도 꽤 있다고 들었다. 그래서 FPS 게이머 중 게임 전에 일단 멀미약부터 먹는 사람들이 은근히 있다는 것이다. 지저스. 게임을 하려고 약까지 먹다니! 굳이 그렇게까지 해서 게임을 해야 할까라는 것이 솔직한 나의 생각이지만, 그래도 현대문명을 여기까지 (멱살 잡고) 끌고 온 것은 *굳이 그렇게까지 해야 돼?*의 '굳이'와 '그렇게'를 한없이 확장시킨 호모사피엔스의 이글대는 근성이기에, 비장하게 멀미약을 털어넣고 게임에 접속하는 저 미치광이들의 정성과 사랑을 함부로 비난하지는 않기로 했다. 그 또한 하나의 둥그렇고 시큼한 순정일지니. 아아, 즐겜하소서.

다음 날, 단 하루 만에 창백한 반쪽이 되어 나타난 나를 보고 월드 팀 사람들은 경악했다. 팀장님의 배려로 그날 적당히 일찍 집에 갔던 것으로 기억한다. 나는 정말이지 게임이 뭔지 너무 모르는 채로 키코게임즈에 들어온 것이다.

*

살면서 게임을 한 번도 안 해 본 것은 아니다. 베트남에서의 어린 시절, 파자마 파티의 밤을 하얗게 불태우게 했던 이벤트는 무엇보다도 언니들 사이에 끼어서 했던 「모노폴리」와 「타뷸라의 늑대」였다. 게임임을 분명히 알면서도 한없이 되풀이해서 하다 보면 약간의 감정 다툼이 생길 정도로 다들 몰입해서 했다. 누가 이기든 지든 달라질 일이 하나도 없는데도 그랬다. 그러다 끝끝내 가장 마음 약한 누군가 눈물을 흘리고는 했다. 그렇게 되면, 베트남어와 한국어가 뒤섞인 소란이 벌어지기 마련이었고, 결국 마지막엔 그날의 보호자에게 다 같이 야단 맞는 것이 수순이었다.

Hết giờ rồi. Chúng mình đi ngủ thôi.

이제 그만! 얼른 자!

피곤해진 그날의 보호자가 강제로 불을 꺼 버리고 나가면 다들 꽁해진 채로 이불 속으로 기어 들어갈 수밖에 없었다. 그러면 이번엔 어두운 밤인 것을 핑계로 진실 게임 같은 것을 하다가, 아침이 되면 다 잊어버리고, 한 켠에 주사위와 짝 안 맞는 카드가 굴러다니는 테이블에서 다 같이 깔깔대며 샌드위치와 과일주스를 먹고 마시고는 했다.

일요일 점심에는 또래들과 게임기를 가지고 놀기도 했다. 한인 교회 담임목사의 싸가지 없는 딸이 자기 기분 좋을 때만 허락하던 거였다. 뚱뚱한 텔레비전에 연결한 그 팩 게임기를 붙들고 한 턴씩 돌아가며 감질나게 했던 게임들. 제일 인기 있던 것은 「슈퍼 마리오」였다. 별과 코인, 버섯과 깃발, 호기심을 자극하던 물음표 블록과 녹색 토관. 특별한 능력을 가진 수염 난 짜리몽땅 배관공이 더 특별한 능력을 가진 금발의 푸른 눈 공주를 구한다는 뻔한 스토리.

나는 어렸을 때에도 '내가 실수하면 캐릭터가 죽는다'는 상황과 시간 압박, 은근한 기록 경쟁 분위기에 스트레스를 받는 축이었기 때문에 「슈퍼 마리오」를 많이 하지는 않았다. 어쩌다 하더라도 피지컬 문제로 금방금방 죽어 자리를 넘겨 주느라 바빴다. 신기한 것은, 그럼에도 불구하고 뿅뿅대는 BGM과 세밀한 설정들을 지금도 기억할 수 있다는 것이다. 그건 추억이 주는 기억의 힘 덕분일까, 아니면 게임이 가진 중독적인 힘 덕분일까.

무엇보다도 내가 절대 잊을 수 없는 게임은 우리 가족이 베트남에서 한국으로 갑자기 돌아온 후 하굣길 동네 오락실에서 하던 「펌프 잇 업」이다. 당시 급작스레 엉망진창으로 바뀐 환경 때문에 집안 식구들 모두 극도의 스트레스를 받았다. 심지어 동생은 일종의 실어증 증세를 보이기까지 했다. 이주 후 처리할 일이 안 그래도 태산이었지만, 부모님은 동생을 들쳐업고 치료센터며 병원을 돌아다녀야 했다. 맏이인 나는 앞가림을 알아서 해야 했다. 나도 고작 10대 초반이었는데.

베트남의 도도한 태양이 보고 싶었다. 그 정신없던 오토바이 행렬마저도. 그러나 현실은 한국이었다. 집을 바로 구하지 못해서 친척집에 얹혀살았다. 그 집은 나름 콧대 높다는 동네의 비싼 아파트였다. 하지만, 어쨌든 그래 봤자 공동주택이었으므로 당시 우리 식구들은 매일 아침 옆집 아저씨가 벽 너머에서 가래 뱉는 소리를 들으며 일어났고, 윗집에서 알 수 없는 물체를 굴려 대는 진동과 소음 속에 생활해야 했다. 가꾼 듯, 버려둔 듯, 자연스럽게 열려 있던 베트남 집 마당이 미치게 그리웠다.

그 무렵 엄마 아빠는 정말 바빴다. 구청으로, 병원으로, 은행으로, 부동산으로, 그 외에도 알 수 없는 곳으로 종일 뛰어다녔다. 때문에 나는 복잡한 촌수의 노부부와 함께 숨막히는 집 안에 남아 있어야 했다. 먼지 떨어지는 소리도 들릴 것처럼 조용하다가도 아무 예고 없이 천장이 시시때때로 쿵쿵 울리던 그 집. 나는 그때마다 헤드폰을 뒤집어쓰고는 했다.

그 집의 황량한 6인용 식탁에서 하던 침묵의 식사도 잊을 수 없다. 엄청난 양을 먹어 대는 데다 애교라고는 눈을 씻고 보아도 없는 아이였기 때문일까. 나는 그 집 식탁에서 문자 그대로 '눈칫밥'을 먹었다. 식사 때마다 나의 일거수일투족을 뚫어지게 쳐다보며 관찰하던 노부부. 그들은 도대체 나에게서 뭘 읽어 내고 싶었던 걸까? 뭐라 콕 짚어 말할 수 없는 미묘한 불편함을 견디다 못해 똑같이 똑바로 쳐다보면, 그들은 이미 텅 비다시피 한 반찬 그릇을 밀어 주며 싱긋, 관념적으로 친절하게 웃어 주는 것이었다. 비뚜름하게 억지로 치솟았다가, 잠시 후 중력과 본심을 따라 축 처져 주름 속으로 안락하게, 정확하게 파묻히던 그들의 얇은 입술. 나는 수십 년 동안 마주 앉아 동시에 침묵의 저작 활동을 한 끝에…… 그렇게까지 꼭 닮게 되어 버린 노부부의 표정과 입매에 기이함을 느꼈다.

강제로 매일 가야 하는 학교도 엉망진창이기는 마찬가지였다. 하필 영악하기 짝이 없는 여왕벌과 그의 덜떨어진 시녀들로 구성된 학급에 배정된 터라, 나는 학교에서 겉돌 수밖에 없었다. 반에서 키가 제일 크고 성숙해 보이는 게 자랑이었던 여왕벌은 자기보다 키가 큰 내가 갑자기 나타난 것을 참지 못했다. 그는 등교 첫날부터 나를 예의 주시했다.

그 시절 유행하던 수업은 NIE 수업이었다. 신문을 활용하여 어린이들의 사고력과 비판 능력을 신장시킨다는 수업법이었지만, 당시 담임은 수업을 하기 싫어하는 인간이었기 때문에 NIE를 사랑했던 것 같다. 그는 학교 폐휴지 수합일에 신문지를 되도록 많이 모아 오도록 한 후, 그 폐지 더미와 함께 우리가 수업 시간을 알아서 보내도록 했다. 전 과목 통합교육과 환경교육에 더해 자신의 휴식까지 알뜰하게 챙기는, 꿩 먹고 알 먹고 둥지 뜯어 불까지 때는 종류의 인간이었다.

한국 학교에 등교한 지 보름도 되지 않았던 때로 기억한다. 아파트 단지 재활용품 더미에서 구한 낯선 신문을 어색하게 넘기는 둥 마는 둥 하고 있을 때, 교실 뒤쪽에서 킥킥대는 소리가 퍼지기 시작했다. 여왕벌이 폐지 더미 속에서 '베트남'과 '메콩'이라는 단어를 발견했던 것이다.

메콩.

메콩.

메메콩, 메메콩콩.

하며 키득대는 소리가 점점 분명하게 커졌다. 참다 못한 내가 고개를 돌려 그쪽을 본 순간, 낄낄대던 여왕벌은 내 눈을 똑바로 쳐다보면서

메—콩.

정확하게 읊조렸다. 그 즉시 시녀들이 폭포처럼 웃어 댔다. 왜 소란이냐며 담임이 귀찮은 듯 긴 막대기를 한 번 휘둘렀지만, 그 순간부터 내 별명은 메콩이 되었다.

도대체 그게 왜 웃겼을까? 도대체 그게 왜 놀릴 일이지? 못되고 멍청하고 덜떨어진 것들이었다. 메콩. 너희는 본 적도 없잖아. 그 강이 얼마나 거대하고 아름다우며 확실한지.

어쨌든 나는 학년을 마칠 때까지 은따로 지내야 했다. 굳이 자존심을 구기면서까지 여왕벌 무리에 끼고 싶지 않았다. 도움을 청할 어른도 없었다. 그냥 쥐 죽은 듯 조용히 지냈다.

조유라가 아닌 조메콩이 된 채로. 그때 내가 유일하게 스트레스를 푸는 방법이 펌프였다. 종일 주머니 속에서 낯선 감촉의 100원짜리 동전 다섯 개를 만지작거리다가 하굣길에 오락실로 직행했다. 지금 생각해 보면, 그 시절 내가 혼자 했던 펌프는 게임이 아니라 하나의 자가 치료에 가까운 것이었다.

방과 후 오락실에는 전시와 경쟁의 분위기가 흐르고 있었다. 500원으로 얼마나 멋있게 오래 춤추는가를 두고 말없는 경쟁이 펼쳐졌던 것이다. 그러나 나는 누가 발판 위에서 멋있는 척 끼를 부리든 말든 전혀 관심이 가지 않았다. 그저 기계에 얹어 둔 내 500원의 차례가 오기를 손톱 거스러미를 뜯으며 기다렸다가, 순서가 되면 미친 사람처럼 발판이 부서져라 쿵쾅쿵쾅 밟았다. 웃기지 마라 제발 좀 가라 내 앞에서 제발 노바소닉의 괴성 얹힌 그 노래를 따라서 웃기지 마라 제발 좀 가라 내 앞에서 제발 없어져 나는 속으로 울었다. 아마 헤어진 애인을 향해 쓴 가사일 테지만, 당시 내게는 미친 속도와 못된 사람들로 가득한 이 뿌연 도시에 보내는 비명처럼 들렸다. '*Ước gì tôi có thể quay lại lúc ấy*. 돌아가고 싶어.' 한창 크는 중이라 이상한 비율의 몸을 하고 기묘하게 다리를 허우적대며 온몸으로 울부짖듯이 혼자 게임판을 밟던, 구부정하게 키만 큰 왕따 여자애. 그게 나였다.

메탈에 대한 사랑이 그때 싹트기 시작한 것 같다. 게임이 아니라. 노바소닉의 괴성이 나의 말도 못하고 타들어 가 갈라진 마음에 스며들었달까. 그 후 본격 사춘기를 거치며 취향이 더 다크한 쪽으로 한없이 뻗어 갔지만.

*

하지만 나도 안다. 이 정도로는 키코에서 게임을 해 봤다고 절대 말할 수 없다. 게임에 학창 시절을 갈아 넣었다는 사람들이 넘쳐 나는 곳이므로. 모두의 업무용 서브 모니터 아래 자동 전투 돌려 놓은 휴대폰이 빛나고 있고, 다달이 가챠에 수십만 원을 쏟는 것 정도는 안줏거리도 될 수 없다.

다른 게임 회사들과 마찬가지로, 키코에도 퇴근 때가 되면 우르르 회사 게임방으로 몰려가는 인간들이 있다. 거기에서 밤을 새우다시피 하고 샤워실에서 물만 묻힌 후, 늘어난 회사 후드 집업을 뒤집어쓰고 아침에 좀비처럼 나타나는 것은 전혀 흉 될 일이 아니다. 일만 한다면 오케이. 업계 밖에서 루저 취급 받을 만한 행동이 여기에서는 자유와 귀여움과 장난과 힙. 그런 걸 다 뭉쳐 놓은 게임계 경계석으로 활용된달까.

현실과 게임계의 경계 너머로 거대한 가슴을 내민 캐릭터들이 뿌옇게, 또한 뽀얗게 늘어서 있다. 대학교 4학년 1학기 때였던가. 문학적 정신분석 어쩌고 하던 수업에서 주워들은 프로이트와 라캉은 너무 어려웠다. 그들이 말한 남근 선망이라는 것이 뭔지 지금도 모르겠다. 하지만 이 동네의 무속신앙을 요약하자면, 그게 큰 가슴 선망이라는 것은 확실히 안다.

어서오십시오. 여기서부터 게임계입니다. 게임계 알람 표지는 우리 친애하는 키덜트들이 좋아할 만한 푹신한 라텍스로 제작되어서 지나갈 때마다 알러뷰 알러뷰 일곱 살 크리스마스 시즌에 엄마가 사 줬던 알러뷰 커다란 갈색 곰인형처럼 알러뷰 우짖는 것이다. *아이구. 세상에 그때 헝겊 곰탱이를 사 줬다니 엄마가 미안해. 엄마는 우리 친애하는 베이비 게이머의 마음을 몰랐어. 우쭈쭈. 우리 베이비는 패브릭 엄마랑 메탈 엄마가 있으면 메탈 엄마한테 안길 녀석인데 말이지, 그치? 우리 게임 베이비가 갖고 싶었던 것은 닌텐도였는데 말이지, 그치? 자, 코 흥. 훌쩍.*

그리하여 여기 알러뷰 게임계 알람 라텍스를 *폴짝,* 넘어오면, 알러뷰 그 시절 이후 덜 자란 채 털이 숭숭한 몸에 갇혀 있는 속상한 일곱 살 베이비들의 마음을 알러뷰 주물주물 녹여 주는 것이다. *수고하고 무거운 꿀밤 맞은 자들아 다 내게로 오라 내가 너희를 쉬게 하리라.* 게임 그만하라고 그렇게 잔소리 쏟아지던 시간은 이제 끝났다. 여기는 돈 쓸어 담는 첨단 업계의 한가운데. 최고 사양으로 마련된 PC 화면을 바라

보며 덕업일치를 이루어 낸 위대한 자신을 얼마든 찬양할 수 있다. *수고하고 무거운 종아리 맞은 자들아 다 내게로 오라 내가 너희를 쉬게 하리라.* 무서운 얼굴을 하고 PC방으로 들이닥치던 부모님. 그때는 좀 죄송했지만 이제는 아니에요. 덕업일치로 번 성대한 월급을 헐어 용돈을 펑펑 드릴 수 있거든요. 제 앞가림은 제가 한답니다? *수고하고 무거운 등짝 맞은 자들아 다 내게로 오라 내가 너희를 쉬게 하리라.* (게이밍 의자에 눕듯이 앉아 찢어진 청바지 사이로 삐져나온 털이 수북한 다리를 흔들며) 키코게임즈, 당연히 아시지요? (안경 쓰윽) 제가 거기 개발자입니다만? 알러뷰!

*

3D 멀미 사건 이후 스스로가 생각했던 것보다 훨씬 더 심각한 '겜알못'임을 알게 된 나는, 조심스럽게 게임에 재도전해 보기로 했다. 게임 회사 다니는 입장에서 그래도 기본은 하고 싶었다. 동생 데스크톱을 굳이 빌려 쓰느니 회사 게임방을 이용하기로 하고, 호모사피엔스의 일원답게 지혜를 빌려 멀미약 대용으로 타이레놀을 먹었다. 그러나 문제의 게임방에는 두어 번 가 보고 다시는 가지 않게 되었다.

광활한 모니터와 푹신한 의자가 좋기는 했지만 몇 가지 문제가 있었다. 하나는 짜증과 쪽팔림. 시야각이 크게 흔들릴 때마다 머리가 아파 왔기 때문에 나는 멀미 방지를 위해 최대한 캐릭터를 살금살금 느리게 움직였다. 그러면 순식간에 모든 것을 다 털릴 수 있다. 갓 만든 캐릭터라서 아까울 것은 없었다, 공수래공수거. 그러나 너무 털리다 보니까 알몸으로 태어나서 옷 한 벌은 건졌잖소 우리네 헛짚는 인생살이 나의 멘탈송 「타타타」로도 네가 나를 모르는데 난들 너를 알겠느냐 한 치 앞도 모두 몰라 다 안다면 재미없지 진정이 되지 않았다. 짜증이 났다. 그리고 결정적으로, 혼자 지팡이 짚은 할머니처럼 에구에구 움직이고 있는 나를 게임방 사람들이 슬금슬금 쳐다보는 게 싫었다.

나는 사람들의 시선에 예민한 편이다. 어릴 때부터 노상 '그 키 큰 애'로 불렸던 사람들은 아마 다들 공감할 것이다. 나는 키가 크다. 그냥 큰 정도가 아니라, 웬만한 사람들의 정수리를 쉽게 보고 살 정도로, 아주 크다. 평생 어딜 가든 '제일 큰 애'로 기억되었다. 학창 시절 내내 운동부 후보생을 찾는 체육 선생에게 불려 다니고는 했다. 물론 눈썰미가 좋은 선생들은 내가 체육관에 어슬렁 들어오는 폼만 보고도 혀를 차며 다시 돌려보냈다. 간혹 굳이 공을 던져 보라고 시키는 선생이 있기도 했으나, 그는 바로 잔소리를 했다.

넌 임마, 왼손잡이면 왼손으로 하지 미련하게 오른손으로 해?

물론 나는 철저한 오른손잡이다. 그렇게 운동신경이 제로에 가까운 까닭에 거대한 키를 갖고도 그냥저냥 평범한 인문계 학생의 삶을 살았다.

나는 내 키를 싫어했다. 쓸모없는 키 때문에 가만히 서 있기만 해도 튀는 게 너무 싫었다. 그만 크고 싶어서 단식을 수없이 선언했지만, 성공한 적은 거의 없었다. 늘 배고팠고 늘 입이 허전했기 때문이다. 부끄럽지만, 꽤나 클 때까지 자꾸 연필 끝이라도 질겅대려 들었다. 성장기 내내 나는 엄청나게 먹어 댔다. 우유 1리터쯤은 한 번에 마셨고, 동생과 둘이 용돈 모아 벼르고 간 동네 고기 뷔페에서 운동부인 걸 왜 숨기냐며 쫓겨나다시피 한 적이 몇 번이나 있었으며, 혀에서 피가 비칠 때까지 파인애플을 먹다가 이거 진짜 미련한 년이라고 엄마에게 등짝을 맞기도 했다. 그 와중에 나는 먹은 내용을 따라 문자 그대로, 정말 대나무처럼 자랐다.

절대 그럴 리 없겠으나, 만약 단식에 성공했어도 컸을 것이다. 양가 식구들 키가 다들 어마어마하니까. 언젠가 키 작은 친구 집에 놀러가 마당에서 너풀대는 빨래를 보며, *너네 집엔 왜 반바지만 있어?* 물었다가 절교당할 뻔한 적도 있다. 어른이 된 지금은 내 키가 가문의 영광이자 숙명이려니 하지만, 그래도 어차피 가만히 있어도 튀기 때문에 더 튀고 싶지 않은 마음은 나를 사람들의 시선을 신경 쓰는 성격으로 만들었다. 게임방 사람들이 쳐다보는 것을 과하게 부담스럽게 받아들인 것도 이런 성격에서 기인한다.

게임방의 두 번째 문제는 매우 생물적인 데에 있었다. 바로 냄새. 여름을 맞이하여 인간들의 신진대사가 다양한 쪽으로 활발해지면서, 인간의 집중한 육체와 타오르는 계절이 서로 마찰한 것을 예의를 중시하는 호모사피엔스의 직물이 덮어 발효시키며 사방팔방으로 튀어오르는 쉰내가 났다. 게임방의 높은 천장도, 풀로 가동 중인 에어컨도 별 효과가 없었다. 내 신체에서 가장 자랑스러운 점이 있다면, 그것은 내가 개코라는 것이다. 나는 개님과 닮은 점이 있다! 이것은 가문의 또 다른 영광이다. 그러나 환경이 험하면, 가문의 영광은 오히려 고통의 근원으로 작동하는 법이다. 세상 도처에 어쩌면 이렇게 썩고 쉬고 상해 가는 것들이 많은지. 게임방의 악취는 시간이 흐를수록 점점 더 강렬해졌다. 후각세포의 피로를 넘어서는 물량 공격이었다. 만약 내 시각이 후각처럼 탁월하다면 공기 중을 떠돌고 있는 냄새 분자를 목격할 수 있을 거라는 생각까지 들었다.

호모사피엔스에 대한 약간의 희망을 버리지 못했던 나는 문제의 게임방에 겨울에 가 본 적도 있지만, 역시 어리석은 선택이었다. 여름의 냄새가 그릇된 방향을 조잡하게 휘저어 찔러 대는 방식으로 화려한 것이었다면, 겨울의 냄새는 그릇된 방향으로 진동하며 끔찍한 더께를 얹어 가는 묵직하고 둔탁한 종류의 것이었달까. 인간의 더럽게 방치된 육체와 호모 사피엔스의 난방열이 만나 서로의 복잡한 겨드랑이로 파고들어가며 만드는 쩐 냄새. 그 환장하는 눌어붙음. 구매 이후 필터를 간 것인지 안 간 것인지 알 수 없는 물건이기는 하지만, 공기청정기가 벌겋게 돌아가고 있음에도 그랬다. 나는 그때를 마지막으로 게임방 방문을 완전히 포기했다.

이후 그 앞을 지나가기만 해도 왠인지 복잡한 냄새를 늘 맡을 수 있었는데. 그게 헛것이었는지 실제였는지는 모르겠다.

*

내가 예상보다 훨씬 더 심각한 상태임을 알게 된 배이현 팀장님은 나에게 틈틈이 게임을 추천해 주기 시작했다.

유라 님, 캐주얼한 게임으로 시작하는 게 좋겠죠? 「커피 토크」 한번 해 봐요. 마침 지금 스팀 세일 중이고요!*

그날 퇴근 후부터 「커피 토크」 플레이를 시작했다. 생각해 보니 성인이 된 후 거의 처음 하는 게임이었다.

커피의 도시 시애틀을 배경으로 하는 게임 「커피 토크」는

---

* 밸브사의 게임 유통 및 커뮤니티 플랫폼.

제목 그대로 음료와 토크로 이루어진 게임이었다. 나는 게임 속에서 심야 카페를 운영했다. '꿈과 광기가 북적이는 도시' 시애틀의 저녁, 해가 지면 신문을 읽으며 하루를 시작한다. 손님은 무척 다양하다. 디자이너 엘프, 프로그래머 오크, 작가 인간, 아이돌 고양이 등등. 카페를 찾은 손님들은 자신의 이야기를 들려주고, 음료를 주문한다. 그들에게는 각자의 할 일과 사정이 있다. 손님들 사이에 사건이 일어나기도 한다. 플레이어는 손님들의 이야기를 주의 깊게 듣고서 각각의 손님에게 어울리는 음료를 만들어 대접한다. 정성을 들여 라테 아트를 더하기도 한다. 등장 인물들과 유대감을 쌓을수록 더 많은 음료 레시피를 열람할 수 있다.

나는 거의 일주일에 걸쳐 저녁마다 천천히 「커피 토크」를 플레이했다. 송파구 석촌동에 밤이 오고 하루가 마무리되면, 내 조그마한 랩탑 속에서 재즈풍의 따뜻한 BGM과 함께 밤의 카페가 노랗게 열렸다. 적어 놓고 보니 안 팔리는 후발 주자 커피 회사에서 급조한, 싸구려 헤이즐넛 커피 상자에 이상한 폰트로 얹은 광고 카피 같지만, 나는 실제로 게임 중에 낭만적인 감정을 느꼈다. 꽤 진지하게 앉아서 늑대인간, 뱀파이어, 인어의 고민을 들었던 것이다. 동생이 아주 웃겨 죽겠다며 몰래 찍어 둔 사진 속 내 얼굴은 심각하기 짝이 없었다. 게임 속 상상의 산물들에게도 각자의 진로가 있고 욕망과 갈등과

종족적 고민이 있었다. 그걸 보고 있으려니, 온갖 인종이 모여 오늘도 뭘 한 건지 알 수 없는 하루를 보낸 나의 월드 팀이 생각났다. 게임 속 '꿈과 광기'의 시애틀이 내 현실과도 어쩌면…… 뭐 대동맥같이 중요한 건 당연히 아니겠으나, 그래도 아주 미세한 실핏줄 같은 것 정도로 연결되어 있을지 모르겠다는 생각이 들기도 했다.

「커피 토크」는 나에게 작은, 도트로 이루어진 한 세계를 슬쩍 보여 주었다. 비록 매끈하게 한정된 UI에 나를 가두어 두었다가 정해진 분기점으로 보내 버리는 헐렁하고 얇은 것이었지만. 그래도 「커피 토크」 엔딩 후, 다른 게임도 해 보고 싶다는 생각이 들었다.

*

내가 「커피 토크」에 흥미를 보이자 팀장님은 은근히 기뻐하는 것 같았다. 맞다, 자기가 추천한 것이 세상에 널리 퍼지는 것을 보면 기분이 좋아지는 것이 호모사피엔스의 특징 중 하나이니까. 호모사피엔스. 인간 지혜. 지혜 인간. 지혜-(전파)-인간. 인간-(전파)-지혜. 나는 라틴어로 전파가 무엇인지 찾아보았다. 프로파가티오(propagatio).

주말을 앞두고 팀장님은 새로운 것을 전파해 주셨다. 그것은 「라이프 이즈 스트레인지」. 인생은 이상하다. 그렇다. 인생은 정말 이상하지. 게임과 영 거리가 먼 내가 판교 바닥에서 헤매고 있다니, 인생은 정말로 이상한 것이다.

*

「라이프 이즈 스트레인지」는 「커피 토크」에 비해 진입장벽이 상당히 높았다. 양손으로 조작을 해야 하는 3D 게임이었기 때문이다. 나는 코피 흘리며 무시무시한 두통을 겪었던 것과 게임방에서 민망함을 느꼈던 일을 떠올리며, 역시 최대한 천천히 움직였다. 게임도 게임이지만, 조작 연습이라고 생각하면서. 남들이 화면 속에서 거의 날아다니는 동안 나는 간신히 걸음마라니. 뭐 그래도 괜찮다고 생각하기로 했다. 나중에 노인대학에서 내가 게임으로 왕 먹을 수도 있다고 생각했다. 인생은 이상하고, 사람 일은 모르는 거니까.

왼쪽 턴, 오른쪽 턴, 전진. 멈춤. 왼쪽 턴. 멈춤. 미래의 노인대학 게임 왕을 꿈꾸며, 3D 그래픽으로 이루어진 학생들이 삼삼오오 모여 있는 블랙웰 아카데미를, 나는 주인공 맥스의 몸을 빌어 걸어다녔다…… 기보다는 걸어다니려고 노력했다. 사물함에 몸을 쿵 박고 홀에서 길을 잃어버리면서. '그러니까, 사건이 일어난 화장실이, 이쪽이었던가?' 천 리 길도 한 걸음부터라고 했고, 나는 그 한 걸음을 걷는 것이다. 주인공 맥스에게는 작은 한 걸음이지만, 나에게는 위대한 도약이다! 유명한 문장을 억지로 갖다 붙이며 플레이했다. 그렇게 쓸데없는 의미 부여를 해 댄다는 것은 시작하자마자 이미 지쳤고, 정신 승리가 필요하다는 뜻이다. 얼마 플레이하지도 않았는데 급격히 피곤해진 나는 결국 동생의 손을 빌리기로 했다. 바쁠 때는 고양이 손이라도 빌리고 싶다는 일본 속담도 있다니까.

바쁘다는 동생을 살살 달래 생체 콘트롤러로 앉혀 두고 말로만 플레이하는 것은 정말 편리했다. 그렇지만 잔소리는 감내해야 했다.

와, 세상에! 저기로! 저기로 가 봐.

응? 저기는 아까 갔잖아.

어? 정말?

언니 진짜…… 인간적으로 심각하다.

아닌데? 야, 반대쪽 아니었냐?

언니 도대체 일상생활은 어떻게 하는 거야?

야, 그러니까 내가 얼마나 힘들겠냐, 빨리 더 가 봐.

언니 진짜 아이큐 검사 다시 해 봐야 하는 것 아니야? 수능은 어떻게 본 거야.

……야!

와……. 나는 언니 같은 사람…… 진짜 처음 봐.

나는 엄청난 수준의 길치다. 하지만 내가 길치여서 길 찾기가 힘든 것이 아니라, 길 찾기는 원래 누구에게나 힘든 일이라고 주장하면서 사는 인간이다. 나는 길이 일종의 생물이라고 생각한다. 길은 자꾸 변신하니까. 그리고 길은 우주 삼라만상이 그러하듯 확률의 법칙을 적용받으니까.

이것은 나의 이론인데, 길에 적용되는 사건은 크게만 잡아도 우선 네 가지나 된다. 날씨, 시간, 환경, 인간. 풀어서 말하자면, 비나 눈이 오는가, 오지 않는가. 낮인가, 밤인가. 공사 중인가, 아닌가. 내가 누군가와 함께 가고 있는가, 혼자 가고 있는가. 네 가지의 최소 사건은 두 가지 경우의 수를 각각 거느리고 있다. 2의 4제곱은 16. 똑같은 길이라도 최소한 열여섯 개로 순식간에 분화될 수 있는 것이다. 게다가 가로수에 꽃이 폈는지 졌는지, 같이 있는 누군가가 동생인지 동네 고양이인지에 따라서 경우의 수는 무한히 늘어난다.

그런데 날짜, 시간, 환경, 인간이 모두 고정된 게임 속에서도 내가 길을 잃게 될 줄은 몰랐다. 나란 인간은 도대체 어떤 인간인가? 어찌하여 이런 하찮은 생존능력을 가지고도 저 험한 신석기부터 지금까지 유전자를 보존해 냈단 말인가? 조상님이 누구시니?

말 많은 동생 콘트롤러와 함께하는 「라이프 이즈 스트레인지」 플레이는 그저 그랬다. 직접 하지 않은 탓에 몰입도가 떨어져서 그랬던 걸까? 후기를 찾아보니 게임 스토리가 너무 좋다며 극찬하는 사람들이 수없이 많았다. 하지만 나는 예술적 재능이 있는 여고생과 뭔가 사정이 복잡한 절친한 친구, 시간을 조절하는 특수 능력이라는 기본 설정만 들어도 손발이 사정없이 오그라들어 버리는 아주 뚝뚝한 인간이다. 게다가 나비효과를 정말 새파란 색의 나비로 은유해 버리다니. 과하고 안이하다고 생각했다. 내가 너무 현실주의자인 걸까, 아니면 반대로 지나치게 예술주의자인 걸까.

그 와중에 동생은 스토리를 떠나 나의 말도 안 되는 게임 실력에 크게 충격을 받은 눈치였다.

언니는 진짜 안 되겠다. 내가 입사 기념으로 닌텐도 스위치 하나 사 줄게.

어, 진짜?

언니. 키코 다니면서 그 지경이면 인간적으로…… 와, 진짜 욕 먹는다고. 언니는 일단 「동물의 숲」이라도 해. 그건 할 수 있을 거야.

닌텐도는 그로부터 이틀 뒤 바람처럼 도착했다. 내 선물이랍시고 샀지만, 실제로 닌텐도를 나보다 훨씬 많이 갖고 논 것은 동생이었다. 동생이 닌텐도용 온갖 게임에 질릴 때까지 나는 그것을 거의 만져 보지도 못했다. 이 자식. 이 고마운 자식.

*

팀장님은 나의 「라이프 이즈 스트레인지」 플레이 감상이 궁금하셨던 것 같다. 팀 점심 날, 옆자리에 앉자마자 물어보셨다. 재밌었다는 빈말은 못했다. 사실 조작이 아직도 어렵다고, 주변 캐릭터와 설정이 아무리 게임이지만 과장되어서 오그라든다고 솔직하게 말했다. 팀장님은 끙, 하며 아쉬워했다. 그건 취향 전파에 실패한 호모사피엔스의 안타까움의 표현이자, 고작 그 정도 가지고 오그라들면 앞으로 '이세카이'에서 수도 없이 쏟아져 나올 몬스터는 어떻게 받아들일 것이냐 하는 걱정의 소리였을 것이다.

그날 팀원들과 커피를 마시며 이런저런 이야기를 나누다가, 각자의 성장 배경이 어떻든 게임 취향이 어떻든 간에 다들 「반지의 제왕」과 「해리포터」의 영향권 아래에 있다는 사실을 깨달았다. 분명 서로 다른 문화권에서 성장했지만 어쨌든 다들 절대 반지와 해리포터 속 킹스크로스역 9와 4분의 3 정거장을 마음속에 하나씩 품고 살아가고 있는 것이었다. 힘들고 지칠 때, 상상력과 뭔가 남다른 것이 필요할 때 마음속 어딘가 자신만의 쉴 만한 물가로 도피하는 것이 인간인데, 그 장소가 하나로 수렴되어 버린 것이 아닐까 하는 생각이 들었다. 나만의 쉴 만한 물가란 없는 것이다. 거기 가면 이미 온갖 인종의 온갖 인간들이 북적이고 있는 것이다.

처음 뵙겠습니다…… Hân hạnh được biết bạn…… Enchantée……

실례합니다…… Xin lỗi, vui lòng cho tôi đi qua…… Excusez-moi……

전 세계 사람들이 누운 데를 비집고 들어가 조그맣게 '메이드 인 코리아' 태그가 붙은 면 100퍼센트 타월을 깔고 나의 기다란 팔다리를 옹송그리고 누워 눈을 몇 번 끔뻑이고 있노라면, 솜사탕도 번데기도 반미에 냉커피도 크레페도 섞어 파는 지나가던 손수레가 일어나서 이거부터 사 먹으라고 나를 일으켜 세울 것 같다.

이봐, 아가씨, 일어나. 돈은 내고 누워야지. 자릿세 몰라?

혹시 전 세계의 게임이 비슷비슷해지고 있는 이유가 여기에 있는 게 아닐까 하는 생각까지 들었다. 전 세계 인간들의 상상력의 원천, 어린 시절의 경험도 한군데로 뭉쳐 버리게 된 걸까? 이 시대 모든 인간들의 뇌가 접속한 바람에 일어난 킹스크로스역의 병목현상. 다들 같은 것을 보고 같은 생각을 하고 같은 것을 원한다. 이런 게 지구촌일까? 상권이랄 것도 없던 골목까지 대기업 프랜차이즈가 밀고 들어온 풍경. 다들 그 황량함을 한탄하지만, 동시에 그 포토제닉한 깔끔함에 별 불만을 갖지 않는다. 그 납작함.

그 많던 휴대전화 제조사가 사라지고 애플과 삼성만 남은 것도 비슷한 맥락일지 모른다. 그럼 여기, 키코는 뭘까? NEC이나 블랙베리? 아니면, 아이리버나 팬택앤큐리텔 정도? 아아 모르겠다.

*

며칠 후 팀장님은 은근히 「저니」와 「압주」를 추천해 주셨다. 그러면서 「라이프 이즈 스트레인지」를 나중에라도 꼭 다시 해 보라는 권유도 잊지 않으셨다. 그 시절 팀장님은 무슨 생각이었을까. 현실판 육성 시뮬레이션이라도 하고 있는 기분이었는지. *도전! 겜알못 키우기: 수상한 저 녀석을 게임맨으로 만들어라!* 열화된 버전의 메타 「프린세스 메이커」 같은?

A ← 판교,

취미의 품,

예술의 시절

게임을 마치 기예처럼, 곡예처럼 하는 사람들이 있다. '한다'가 아니라 '기어이 해낸다'에 가까운. 외발자전거를 탄 채 머리로는 접시를 돌리고 손으로는 저글링을 하는 것처럼 100원짜리 동전 하나로 「1942」, 「버블버블」, 「갤러그」의 끝을 보는 사람들. 그래서 오락실 기계에 자기 이니셜을 남길 수 있던 사람들. 이런 강호의 고수들은 지난 세기식 멋에 죽고 못 사는 사람인 경우가 많았다. 그가 이니셜 입력창을 열어 둔 채 떠나 버린 자리에 덜떨어진 동네 꼬맹이들이 달려들어 서로 자기 이름을 새기겠다며 아웅다웅했던 삽화들. 이스터에그까지 남김없이 열어 버리고 그것을 인터넷 위키 페이지에 남기는 사람들. 현실 속 대부분의 사람들은 그런 기인들의 대활약을

'세상에 이런 일이'류로 소비할 뿐이지만, 여기는 판교, 키코게임즈.

이곳은 높은 게임 실력이 곧 그 인간이 우월하다는 증거가 되어 버리는 희한한 곳이다. 물론 동체시력이나 반사 신경 같은 것이 인간 평가의 주요 기준이 될 수도 있다, 지금이 대략 신석기쯤이라면. 만약 이 사회가 수렵으로 굴러가는 사회라면. 하지만 지금은 그리스도의 승천 후 2000년이 흐른 시대 아니던가.

키코게임즈에 지원하는 기획자들은 핫한 PC 게임의 '만렙'을 찍은 경험담을 자기소개서에 꼭 녹여 넣는다. 그것은 암묵적인 지원 자격이고, 외국어나 학점 따위보다 확실한 스펙으로 활용된다. 어떤 게임의 끝을 보았다는 거니까. 평균 이상의 피지컬로 근성을 가지고 시스템의 비밀을 엿보는 데 성공했다는 거니까, 근면성실하게 게임에 시간을 들였다는 거니까.

나는 일종의 특수 직군으로 입사한 것이어서 그렇게까지 할 필요는 없었다. 그리고 만약에 월드 팀 지원에 어떤 게임의 만렙이 필요했다면, 실로 1만 년 후에도 키코에 절대 들어오지 못했을 것이다. 그래도 입사할 때는 양심껏 눈치껏 「프린세스 메이커2」 플레이 경험을 적당히 써 냈었다. 그건 어린 시절 내가 했던 거의 유일한 PC 게임이다. 정보 수업 시간에 담당 교사 몰래 했던 마성의 「지뢰찾기」와 「프리셀」을 자기소개서에 쓸 수는 없으니 말이다.

월드 팀을 제외한 거의 모든 팀에서 게임을 못 한다는 것은 곧 죄악을 뜻했다. 인간의 일곱 가지 죄. 교만, 시기, 분노, 나태, 탐욕, 폭식, 색욕. 이 모든 것을 다 더한 것보다 거대한 죄.

사실 나는 키코에서 자잘한 죄를 돌아가며 죄다 지었다. 아주 풍성한 윤작을 했다. 교만. 키코 인간들을 게임 놈들이라고 함부로 묶어 생각했다. 시기. 수출액이 7조인 업계라는 것을 부러워했다. 분노. 아. 분노. 이것에 대해서는 할 이야기가 아주 많지만 일단 생략한다. 나태. 게임방에서 밤을 새우다시피 하고도 아침이 오면 고양이 세수 한 방에 다시 7조를 벌어 내는 일꾼이 되는 사람들을 생각하면, 나는 나태 지옥에 갇혀도 싸다. 탐욕. 회사 사람들처럼 화려하게 멀미 없이 게임하고 싶다는 탐욕을 부렸다. 그들이 게임에 쏟은 시간의 천 분의 일도 들이지 않았으면서. 폭식. 중학교 시절에는 징거버거 세트 네 개를 한자리에서 먹어 치우기도 했으나, 이제는 하려야 할 수도 없다. 색욕. 식욕이 줄고 입사 후 현실에서 시각적 자극을 받으려야 받을 일이 없게 되면서 이것도 시들한 지 오래였다. 어쨌든. *제 탓이오. 제 탓이오. 저의 큰 탓이옵니다.* 나는 일곱 죄악 앞에 가슴을 두드린다…….

나는 왜 그렇게 게임을 못 하는가? 이유야 간단하다. 내 취미는 게임이 아니기 때문이다. 하지만 키코는 무엇보다도 취미를 향한, 취미의 전당이다. 취미가 특기인 사람들이 모인 장소이고, 세상 사람들도 그렇게 되기를 바라는 곳이며, 덕업일치라는 상징이 곧 최고의 복지가 되는 곳.

사람은 자기가 좋아하는 일을 하면서 사는 게 맞다. 그건 훌륭한 일이다. 복된 일이다. 하지만 실제로 이 세상에서 자기가 좋아하는 일을 하며 생계를 해결하는 사람은 매우 드물다. 다들 알 수 없는 운명에 흩날리며 이링공뎌링공 살아가는 것이 인생 아니던가. 물론 운명에 맞서는 자들도 있기는 있다. 그런 특별하고 고집 세고 체력 좋은 자를 특별히 부르는 단어가 있으니, 그게 바로 영웅이다. 오 히어로즈시여. 하찮은 인간들은 그들을 서사시로 찬미할 뿐이다…….

내가 만난 키코의 게임 놈들은 자부심이 대단했다. 게임계에 갓 발을 들인 자존감—그렇다, 실로 자존감의 시대인 것이다. 아무 인간의 정수리에나 전자석처럼 달라붙어 그의 모가지를 쭉 뽑아 세우고 어깨를 펴게 하는 마법의 단어.—넘치는 매니아 게임 놈들은 영웅의 일대기에 자신의 인생을 자존감 전자석으로 철썩, 갖다 붙이는 경향이 있었다.

발단. 주인공은 고귀한 혈통으로 비정상적으로 출생한다. 우리의 친애하는 (자칭) 게임 천재의 몸속에는 태초부터 게임의 파란 피가 흐르고 있으나, 그는 불행히도 게임 불모지에서 출생한다. 전개. 주인공은 양친에게 불길한 존재라는 전조를 보이고 버려진다. 우리의 게임 천재는 학창 시절, 게임 때문에 양친에게 등짝을 맞고 랜선을 잘리며 고통 속에 성장한다. 위기. 버려진 주인공은 야수나 양육자를 만나 구출되어 성장한다. 외로운 게임 천재는 은혜로운 길드원이나, 게임 공략을 두고 수다를 떨 수 있는 짝꿍-조력자를 만나며 위기를 이겨 내고 성장한다. 절정. 주인공은 야수와의 싸움에서 승리하거나 자연재해를 방비하는 등 인류 사회에 위대한 공적을 이룩하고 고향으로 개선한다. 게임 천재는 힘든 상황에서도 만렙을 찍고 게임 커뮤니티에 공략 팁을 남김으로써 인류 사회에 위대한 공적을 남기고, 업계의 별 키코에 입성한다.

이 시점에 있는 게임맨들은 사방 몇 미터에까지 자기애 기름 묻은 전류를 징징징 흘리고 다니는 것이어서, 입사 초기 멋모르던 나는 그것에 아이쿠, 몇 번 미끄러지며 화들짝, 그 튀김 전류에 놀라기도 했지만, 어느 정도 시간이 지나고 나자 그들을 그럭저럭 조금은 이해하게 되었다. 자신의 어쩔 수 없는 특징이자 빛나는 지점을 남들로부터 하찮은 것으로 취급받아 온 사람이, 성장기 내내 애써 혼자 몰래 쌓아 온 수제작 방어기제가, 갑자기 게임 업계라는 신세계에서 황금 갑옷으로 추앙받을 때의 내적 분열 아닌 분열이라는 생각이 들고

난 후였다.

그리고 이 지점에서 이야기는 슬퍼진다. 이야기 속 영웅들은 절정 부근에서 동화책 밖으로 사라지지만, 행복하게 잘 살았답니다 딱 한 문장만 남기지만, 모든 인간의 이야기가 절정에서 끝나는 것은 아니다. 결말과 후일담은 늘 입을 쩍 벌리고 절정이 자신에게 굴러떨어지기를 기다린다.

결말. 주인공은 투쟁에서 승리하여 권좌를 차지하나 통치 중 정치적 문제와 노쇠 등 생물학적 문제를 겪기 시작한다. 게임 천재는 자신의 게임 취향 및 실력과는 관계없이 키코 제작 게임에 픽셀 하나 마음대로 찍을 수 없음을 깨닫는다. 후일담. 주인공은 권좌에서 쫓겨나 이례적인 죽음을 맞는다. 슬픔의 게임 천재는 키코를 떠나 자신의 뜻을 조금이라도 펼 수 있는 곳으로 가거나, 업계를 떠난다.

키코 사무실에 분명히 본인의 자리 — 지급받은 시디즈 보급형 모델에 커블이나 로알퍼플 방석 따위를 얹은 — 를 갖고 있지만 그 자리가 진짜 능동적인 게임 개발자로서의 자리를 의미하지는 않는다는 것을 깨달은 인간들. 절정 이후의 결말, 후일담에 무엇이 있는지 알아 버린 인간들. 그런 인간과의 의사소통은 평화로운 편이었다. 자신이 하는 일이 딱히 대단한 일이 아니며, 일 앞에 이글대는 자아는 거추장스러운 장애물일 뿐이라는 사실을 깨달은 그들은 업무를 최소 스펙화하는 데에만 힘을 적당히 쏟았다. 그들은 그렇게라도 소비 칼로리를 아낄 필요가 있었다. 키코에서 공급되는 전류가 끊긴 자존감 전자석 — 그러니까, 그냥 흔한 돌이라고 할 수 있는 — 은 그래도 짊어지고 있어야 하므로.

사람은 자기가 좋아하는 일을 하면서 사는 게 맞다. 그건 훌륭한 일이다. 복된 일이다. 그러므로 내가 키코에서 일찌감치 알아서 떠나는 게 옳았을지도 모른다. 하지만 (자칭) 영웅들도 결국 알 수 없는 운명에 휩날리며 이링공뎌링공 살아가게 되는 것이 역시 인생이니까. 그러나 졸업 후 온갖 잡스러운 알바를 전전했던 인문대 출신 여자, 이도 저도 아닌 경력을 갖고 영어도 불어도 시원찮은 인간으로서, 자신 있는 것은 오직 생활 베트남어 — 그 와중에 고급 베트남어는 또 못 하는 — 와 빈정대기밖에 없는 인간으로서, 발등에서 학자금 대출과 생활비가 불타고 있는 인간으로서, 내가 먹고살 자원은 내가 알아서 파밍해야 했다. 아, 나의 한 줌짜리 인벤토리여. 어쩌다 굴러 들어온 키코가 아니면 도대체 나 같은 자가 갈 데가 없다는 것은, 내가 가장 잘 알았다.

키코게임즈 입사 직전까지 내가 하던 일은 공연장 어셔였다. 소속은 하우스 팀, 명찰에 써 있던 것은 부매니저 조유라. 물론 사대보험 다 되는 정규직은 아니었고, 일반 어셔들보다 시급 약간 더 받는 아르바이트였다. 그리고, 어디 가서 절대 말하지 않는 일이지만, 20대 초반까지 사실 나는 승무원이 되고 싶었다.

*

조국의 키 큰 여자들이 단골로 듣는 이야기 중 하나, *너, 승무원 하면 좋겠다.* 나도 어릴 때 그 이야기를 마르고 닳도록 들었다. 170센티미터를 훌쩍 넘기며 얼굴 골격이 커지고, 깨어난 피지선을 따라 여드름이 우다다다 돋아난 후엔 희한하게도 그런 권유가 완전히 사라졌지만. 그러나 이미 아름다운 유니폼과 자유 여행이라는 장점에 충분히 홀려 버린 나는 그 직업을 실제로 꿈꿨다. 그때보다 반 뼘 이상은 더 자란 성인이 되어서도, 자기 객관화를 마치지 못한 어리석은 나는 승무원에 대한 로망을 품고 있었다, 몰래.

공연장 아르바이트를 지원한 것도 그 로망 때문이었다. 서비스업 아르바이트를 한 경험이 있으면 승무원 지원에 유리하다는 이야기를 어디선가 들었기 때문이다. 나름 계획적으로 지원한 아르바이트였지만, 면접은 엉망으로 보았다. 나는 주목받는 것을 싫어하는 인간이기 때문에 면접에 매우 약하다. 면접이라는 것은 사실상 나에게 주목해 달라고, 호감을 가져 달라고, 나 멀쩡한 사람이라고 일종의 호소를 하는 자리 아니던가. 나는 불행히도 그게 너무 불편한 인간인 것이다.

아르바이트 면접장은 생글거리는 사람들로 가득했다. 저 사람들은 어쩌면 저렇게 호소력 있게 자신을 어필할까. 자기 자랑을 하면서도 어쩜 저렇게 하나도 안 민망해할까. 게다가 그들은 너무도 간절해 보였다. 나도 그럴 수 있다면 참 좋을 텐데. 하지만 나는 주어진 질문에 지나치게 솔직하게 대답했다.

조유라 씨, 키가 참 크시네요.

아, 네.

조유라 씨는 약간 긴장하신 것 같은데요, 하하.

네, 약간 긴장했습니다.

흠……. 조유라 씨는 다른 서비스업 아르바이트 경험이 있습니까?

아니요, 없습니다.

모르면 모른다, 안 해 봤으면 안 해 봤다 대답하기를 반복하고 집에 돌아와 감자튀김에 맥주를 한 병 마시고 쿨쿨 잠을 잤다.

그런데 면접 봤던 것도 잊을 정도로 오랜 시간이 흐른 뒤, 담당 하우스 매니저가 다급하게 연락을 해 왔다.

조유라 씨! 혹시 내일부터 당장 교육 참석이 가능한가요.

나중에 알고 보니, 다들 붙어 놓고는 안 하겠다고 해서 나까지 차례가 돌아온 것이었다. 도대체 그 사회성 넘치던 사람들의 간절한 호소와 생글생글한 얼굴은 무엇이었을까? 이런 간악한 뺑쟁이들.

아르바이트 내용은 간단하다면 간단했다. 어셔들이 출근하면 그날의 가장 불운한 어셔 한 명을 제외한 반은 로비, 나머지 반은 객석을 맡는다. 로비 담당자는 공연장 출입구를 지킨다. 관객의 표를 확인하고, 음식물이나 꽃다발 반입을 제지한다. 공연 시작 후 늦게 온 관객이 있으면 미리 정해진 지연 입장 타임에 맞춰서 입장하도록 안내한다. 객석 담당자는 공연장 안에서 일한다. 관객의 자리를 안내하고, 음식물 섭취나 사진 촬영을 제지한다. 늦게 온 관객이 있으면 로비 담당자의 신호를 따라 그를 인계받아 자리를 안내한다. 이때 손전등으로 그의 발을 비춰 준다.

하우스 매니저는 상황에 따라 로비와 객석을 오가며 일을 돕고 돌발 상황을 처리한다. 한편, 그날의 가장 불운한 어셔는 공연장 후문 밖에 있는 비밀의 주차장 초소를 지키며 주차 차단봉을 올렸다 내렸다 한다. 불운한 어셔를 제외한 모두가 계절 유니폼을 입고 일하며 주머니에 껌 종이를 상비한다.

객석 담당자는 발소리가 나지 않는 특수 신발을 신는다. 공연 중 휴대전화 소지는 금지, 어셔들 간의 연락은 모두 무전기로 한다.

우리들의 대장, 하우스 매니저는 어셔에게 생글생글하고 활기차면서 친절한 전형적인 이미지를 요구했다. 왜였을까. 그는 공연계의 올리브영을 꿈꿨던 걸까. 그러나 나는 대단히 각목 같은 사람이어서, 어셔들 중에 표정 지적을 가장 많이 받았다.

유라, 제발 좀! 미소! 스마일!

나는 최대한 미소를 띠려고 노력했지만 늘 그렇듯 그게 그렇게 생각처럼 되는 일이 아니었다.

유라 씨, 그럼 차라리 활짝 웃어! 입을 열고 웃는 표정을 지어 봐.

나는 양쪽 입꼬리를 올려 나의 자랑 건치를 최대한 드러내었으나.

유라, 입만 웃으면 어떡해! 눈! 눈까지 웃으라고! 제발! 스마일!

나는 도대체 사람 눈이 어떻게 웃을 수가 있느냐며 그게 너무 어렵다고 호소했지만, 매니저는 정말로 입술은 내버려 둔 채 눈만 웃는 시범을 순식간에 여러 버전으로, *이렇게! 이*

렇게! 이렇게 말이야! 바로 보여 주었다. 그 순간 모든 어셔들이 그 기이한 묘기에 깜짝 놀랐는데, 나중에 알고 보니 매니저는 전직 연극배우였다.

한참 시간이 지난 지금도 모르겠다. 도대체 그는 눈가의 미세한 근육을 어떻게 했던 걸까. 하긴 내가 매니저처럼 신체 소근육을 자유자재로 조절하는 게 가능한 사람이라면 3D 게임 플레이에 전혀 문제를 겪지 않았을 것이다.

그 외에도 몇 가지 지적이 있었다. 손님 말고 고객님이라고 해라, 다나까를 쓰지 말고 해요를 해라, 구부정하게 서지 말고 몸을 펴라 등등. 내 생각에, 손님이라는 단어는 그럭저럭 정감 있지만 고객님은, *고갱 고갱 고갱님은*, 친애하는 연구개음 기역이 파열음의 확실하고 단호한 본분을 잊고 지조 없이 자음동화되어 버리는 순간, 어딘가 사기 치는 냄새가 *이응이응 땡그랑 땡땡* 나기 시작하는 게 싫었다. 초면인 손님에게 합쇼는 격식 있지만, 해요는 삐끗하면 좀 모자라 보이고 은연중에 콧소리가 섞이기 딱 좋은 어투라서 싫었다. 자세는, 어릴 때부터 하도 크다는 소리를 많이 들어서 구부정한 것이 습관이 되어 버린 게 사실이지만, 유니폼 자체가 문제이기도 했다.

어셔용으로 지급된 유니폼은 블라우스, 하의, 조끼, 타이, 재킷으로 구성된, 정확히 고등학교 교복 같은 것이었다. 공연이 두 타임씩 있는 날, 중간에 김밥 같은 것을 사러 편의점에 간 김에 *멘솔 하나요* 입 떼기가 민망한 그런 옷이었다. 그리고 늘 그렇듯 나에게 모든 것이 짧았다. 껑충하게 손목과 무릎을 활짝 내놓고 있으려면 뭐랄까, 벌칙 의상을 입은 기분이 들기도 했다. 그냥 이럴 바에는 남자 어셔 옷 갖다 입으면 안 되냐는 말도 여러 번 했지만, 매니저는 그걸 농담으로 치부하거나 못 들은 척했다.

그 껑충함이 유난히 웃겨 보이는 날에는, 전신 거울 앞에 길게 선 채 어딘가의 마디를 하나 정도 빼서 주머니에 넣고 다니다가 필요할 때만 탈착식으로 낄 수는 없을까, 그걸 경매에 붙이면 부자가 될 수 있지 않을까, 우리 집 네 식구의 마디를 여기저기 모으면 새 인간 하나는 뚝딱 만들 수 있지 않을까, 걔가 대신 아르바이트하면 안 될까 따위의 말도 안 되는 생각을 끝도 없이 했는데, 아직 갈 길이 먼 현대 의학은 나의 상상을 받쳐 줄 수가 없었다. 아아. 똑똑한 호모사피엔스들이여, 부탁합니다.

우리 어셔들의 주적은 종종 출몰하는 진상이었다. 왜 지금 입장이 안 되느냐며 징징대는 지각한 인간과, 잠깐 화장실 다녀온 건데 왜 당장 재입장이 안 되느냐며 징징대는 인간으로 이루어진 로비 진상 듀오가 하나. 지연 입장객 때문에 자신의 몰입이 깨졌다며 항의하는 인간과, 자신에게 음료를 안 흘리는 능력과 무음으로 껌 씹는 능력이 있다는 것을 믿어 주지 않는 현실에 굳이 실천적 저항을 하는 인간으로 구성된 객석 진상 콤보가 둘. 거기에 주차장 최고 존엄 진상 솔로를 끼얹어 만든 뜨거운 맛 3종 세트였다. 게임계 진상이 머리를 앞세운 진상들 — 랜선을 뽑았다 끼웠다 하며 아이템 복사를 저지르는 유저나, 상도덕 없는 가챠와 덜떨어진 성 상품화로 유저보다 먼저 진상이 된 게임 회사들 따위 — 이라면 공연장의 진상들은 존재를 앞세우는 진상들이었달까. 문화생활을 즐기는 고귀한 자신이라는, 찌그러진 매미 껍질 같은 우아함을 셀프로 덮어쓰고 있는 자들이었다. 진짜 매미 껍질은 한방 약재로라도 쓴다지만…….

그중에 가장 강력한 것은 역시 주차장 진상 솔로였다. 그 공연장은 주차가 완전히 불가능한 곳으로 알려져 있지만, 사실 공연 관계자를 위한 조그마한 주차장을 갖고 있었다. 후문 쪽의 숨겨진 언덕배기 도로 어딘가에 흥미롭게 위치한 것이었는데, 그렇게 숨겨진 곳까지 찾아 올라오는 운전자는 실제 관계자, 해맑은 길치, 미친 진상 셋 중 하나였다. 관계자에게는 주차장을 열어 주면 됐고 해맑은 길치에게는 달달 외워 둔 길을 알려 주면 됐지만, 미친 진상은 정말 어떻게 다룰 도리가 없었다.

주차장의 미친 진상. 그들은 숨겨진 언덕배기 도로로 들어올 정도로 호기심이 많고 촉이 좋은 나, 그냥 지나칠 법한 주차장을 찾아낼 정도로 관찰력과 눈썰미가 좋은 나, 이런 주차의 행운을 만날 정도로 운 좋은 나, 안 되는 것을 되게 하며 살아온 융통성 있는 나, 나, 나라는 썩은 매미 껍질을 겹으로 휘감은 진정한 광인들이었다. 물론 이런 광인들은 한 가지만 하지 않는다. 대부분 공연 시간에 빠듯하게 나타나기 때문에 급박함에 더 미쳐 있다가, 주차 차단봉을 발견하는 순간 단전에 모아 둔 크레이지를 표출하고는 했다. 감히 자신이 피 같은 세금을 꼬박꼬박 내는 땅에 싸구려 주차 차단봉 따위를 설치하여 고오귀한 자신이 모처럼 행차한 고오급 문화 이벤트를 정시에 누릴 권리를 박탈하는 서울시에 대한 분노를 표하는 것이었다. 물론 서울시 주차문화과(그렇다, 여기에도 우리의 울림통 좋은 진상이 사랑해 마지않는 '문화'가 끼어 있는 것이다.) 직원이 거기 있을 리는 없으니, 그 화는 주차장에 있는 어셔가 감내해야 했다. 그날 가장 불운한 어셔가 주차장을 맡는 이유였다. 나의 데스메탈 영웅들도 그 진상들에 비하면 순한 맛이었달까. 와우! 즐거운 서비스업 대모험!

*

어셔 아르바이트 덕분에 나는 서비스업에 대한 마음을 영원히, 아주 깨끗하게 버릴 수 있었다. 역시 인간은 글러 먹었으며 이 지구의 희망은 결국 냥님과 개님뿐이라는 생각도 굳어졌지만, 어이없게도 나는 최장수 어셔가 될 때까지 거기에서 오래오래 일했다. 얼떨결에 (매니저가 끝내 마음에 들어 하지 않는) 부매니저가 되어 버릴 때까지.

그건 사랑 때문이었다. 동시에, 그건 사랑 덕분이었다. 나는 그 오래된 공연장과 거기에 배어 있는 문학적인 분위기를 점점 사랑하게 되었던 것이다. 진상과의 깜짝 이벤트나 올리브영 스타일 서비스에 대한 강박 때문에 스트레스를 받기도 했지만, 그런 것은 내가 만나는 아름다움에 비하면 하찮은 것이었다.

물론 현실적인 이유도 있었다. 풀타임 취업에 계속해서 실패하고 있었다. 그 무렵 내가 갖고 다니던 랩탑 하드 속 강제 자아 성찰 폴더에는, 작성일 내림차순으로 정렬된 자기소개서가 200개 가까이 들어 있었다.

*

1950년대 말에 완공된 그 극장은, 붉은 벽돌을 반원 형태로 쌓아 올린 단정한 공간이었다. 전후 폐허가 된 서울에서 극장을 세울 생각을 했던 이들은 어떤 사람들이었을까. 종전도 아닌 휴전 상황에서, 그 가난하고 추운 나라에서. 그래도 예술을 하겠노라, 오직 그것만을 위한 공간을 열겠노라, 움직였던 사람들은. 아마도 예술 없이는 살 수 없는 사람들이었을 것이다. 꺼칠한 얼굴을 하고도, 가끔씩은 한 그릇의 밥 대신 한 다발의 꽃을 택했을 사람들. 아니면 애초에 아름다운 희귀 장미 농원에서 태어났거나.(그래서 빈 밥그릇에서 무슨 험한 소리가 나는지 들어 보지 못했거나.) 어쨌든, 고작 낭창낭창한 그것에 종전과 평화를 불러올 수 있는 힘이 있다는 것을 알았던 사람들일 것이다.

극장은 소공연장에 가까운 규모였지만 설비도, 구조도 알찬 편이었다. 시대가 바뀌면서 무대탑과 새로운 기계를 설치하고 화장실을 다시 만들고 하느라 몇 번 큰 공사가 있었지만, 워낙 탄탄하게 지은 건물이라 잘 버텨 냈다고 들었다. 실제로 들어가 보면 오래된 건물인데도 상하거나 축축하게 늙은 느낌이 없었다. 클래식한 쪽으로 약간 날깃날깃하면서도 이상하게 산뜻했다. 주말 낮 공연의 햇살에도 잘 어울렸고, 평일 밤 공연의 달빛에도 잘 어울렸다. 건물 생김이 단순한 것에 비해 조경은 은근히 묵직했는데, 극장을 둘러싼 나무들이 세월만큼 자라나 그곳을 자연스레 호위하게 되었기 때문이다. 나는 출퇴근길에 만나는 그 든든하고 커다란 나무들을 좋아했다. 그리고 극장 지하로 통하는 직원용 통로는 더 좋아했다. 거길 지나가노라면 그 아름다운 건물 안으로 파고 들어가는 기분이 들어서.

어셔들이 유니폼을 갈아입고 대기하는 어셔 룸은 극장 지하의 가장 깊고 이상한 곳에 있었다. 크지 않은 방이었지만, 옷장으로 쓰는 키 큰 캐비닛으로 공간을 쪼개서 제일 안쪽은 여자 탈의실, 중간은 남자 탈의실, 바깥은 대기실로 썼다. 캐비닛 너머로 서로의 수다가 또렷하게 들렸고, 안 그래도 낮은 천장이 안쪽으로 들어갈수록 기묘하게 기울어 있던 탓에 머리를 부딪히지 않도록 노상 조심해야 하는 문제가 있었다.

그리고 무엇보다, 어셔 룸이 극장장실에 딸린 작은 방이었다는 것이 모두에게 애매함과 귀찮음으로 작용했다. 그건 매일 출퇴근 때마다 극장장실에 찾아가 노크를 하고, 첫 번째 문을 열어 극장장 아저씨와 어색하게 인사를 하면서 그 방, 극장장실을 끝까지 통과한 다음, 다시 두 번째 문을 열고 어셔 룸에 들어가 옷을 갈아입어야 했다는 말이다. 그 건물을 설계한 사람들에게 나름의 생각과 사정이 있었겠으나, 하필 후손들이 구석진 지하방을 극장장실로 사용하리라고, 거기에 붙어 있는 창고 같은 방을 가르고 갈라 어셔 룸으로 이용하리라고는 전혀 예상하지 못했을 것 같다.

나는 꽤 많은 시간이 지난 지금까지도 그 모든 풍경과 구조를 선명하게 기억한다. 3초 만에 모든 소문이 다 퍼지던 어셔 룸도 어셔 룸이지만, 매일 통과하던 지하 극장장실을 특히.

조유라씨 이따

사무실말고

어셔룸으로 바로오세요..

지하동 왼쪽 끝방 극장장실 내부 문 안쪽.

극장장실 들어갈 때 노크 필수

극장장님께 인사 잘하구요

신분증 머리망 실핀 스타킹 필참

시간엄수!

신규 교육이 끝나고 진짜 출근을 처음 하던 날, 매니저의 걱정 섞인 문자메시지를 연달아 받고 출발했다. 길치답게 '시간 엄수'를 못하게 될까 봐 종종대다 발견한 극장장실 팻말이 얼마나 반가웠던지. 하지만 문을 연 순간, 나는 너무 놀라서 문고리를 잡은 채 잠깐 굳어 있을 수밖에 없었다. 극장장실이…… 엄청난 소용돌이였기 때문이다. 책과 종이의 소용돌이. 전당이자 폐허. 바닥부터 천장까지 어마어마하게 휘몰아치고 있었다. 책들은 쌓인 것을 진작에 넘어서서 자기들끼리 화끈하게 강강술래나 쥐불놀이 같은 것을 하며 놀아 젖힌 후, 지쳐 쓰러져 쉬고 있는 모양새였다. 지진 피해를 호되게 입은 도서관이나 멸망한 문서 보관소가 그런 모양이지 않을까. 그리고 냄새. 1년에 딱 한 번, 학교 도서관의 불용 도서 판매 이벤트 때에 맡을 수 있던 그 냄새가 났다. 도서관 건물의 숨겨진 뒷계단에서 감돌던 그 냄새. 날깃날깃하고 황토색인 냄새. 늙은 떠돌이 먼지가 자세를 바꾸면서 풍기던 냄새.

'아, 아무래도 내가 뭔가 잘못 열었구나.' 길치답게 빠르게 체념하고 뒤돌아 나가려고 할 때, 안쪽 어디에서인가 *닫고…… 오세요……* 하는 소리가 난 것도 같았고, 아닌 것도 같았다. 나는 호기심 반, 황당함 반으로 안으로 들어갔다. 들어갈수록 약간의 금속 냄새가 더해졌다. 계속되는 소용돌이 속에, 종이 더미에 깔린 탁자와 소파 세트, 무언가의 모서리에 호되게 당해 구석이 깨져 나간 조그만 세면대(어찌나 작은지 왼손과 오른손을 따로 씻어야 할 것 같은 크기였다.) 따위가 눈에 들어왔다. 그리고 거기에 모니터와 책 더미를 짊어진 더러운 양수책상과 핏기 없는 아저씨 하나가 있었다. 나는 그가 극장장임을 바로 알아보았다. 그 핼쑥한 아저씨는 극장 입구에 있는 설립자 흉상과 꼭 닮아 있었다.

안녕…… 하세요……?

나는 일단 어색하게 인사했다. 그리고 정신을 차려 원래의 목적지인 지하동 왼쪽 끝방 극장장실 내부 문 안쪽 어셔 룸을 향해 걸어가려 했으나, 이번엔 바닥에 널려 있는 색색의 밑줄과 기호로 가득한 프린트물 때문에 더 나아갈 수가 없었다.

예…… 안녕하…… 아…… 그냥…… 밟고 가세요…….

극장장 아저씨의 희미한 목소리가 다시 들렸다. 뭔가 초심자의 연습용 팬플루트 같은 목소리였다. 맑은데 탁하고, 탁한데 맑은. 나는 까치발을 해 최대한 그 종이 더미를 피해 보려고 했으나, 그러면 천장에 머리가 닿게 생긴 것을 깨달았다. 어쩔 수 없이 그것들을 충분히 밟고 어셔 룸으로 들어갔다.

나는 그곳이 건축물의 일부로서의 방이 아니라, 그냥 일종의 원형적인 책 그 자체였다고 회상한다. 사방을 둘러싼 책꽂이와 거기에서 흘러나온 책들로 가득한 공간. 모든 것이 엉겨 있고, 그 상태로 쌕쌕 숨 쉬고 있는. 모든 선후와 계통과 역사와 국가가 이야기와 글자와 문학의 국자로 휘저어진 거대한 책-들통으로서의 장소. 그것들이 자기들끼리 짝짓기하고 결혼하고 이혼소송을 벌이며, 또 자가생식과 자가증식을 하며 대단한 침묵과 흐르는 생물성 속에, 시끄럽게 놀아 대던 곳. 멈춰 있으나, 동시에 충분히 발생 중이던 그 뒤엉킴.

그 방에 매일같이 드나들면서, 나는 차차 그 소용돌이를 눈에 담아 익히게 되었다. 점점 익숙한 것들을 분간하고 발견할 수 있게 되었다. 그건 수업 시간에 나를 괴롭히던 텍스트들과, 그들의 친족관계로 얽힌 것들, 또 그들과 전쟁을 벌여 서로를 쥐어뜯고 삼키고 토하며 난리를 부린 텍스트들이었다. 선배의 선배의 선배로부터 이어져 내려오며 나달나달하게 열화된 그 제본 텍스트들이 전설의 장정을 입고 그 방 안을 돌아다니고 있었다. 그리고 그것들은 다시 새로운 몸을 입을 준비를 하고 있었다. 묵독되고 낭독되고 상연되면서, 다시 태어나려고 꿈틀대던 그것들. 동시에 인간들로 하여금 묵독과 낭독과 상연을 시키려고 껌뻑대고 있던 것들. *이봐, 나를 만져. 나를 읽어.* 그 놀라움.

몇몇 어셔들은 극장장실의 상태를 비웃고는 했다. 일종의 미친 호더 아니냐고, '세상에 이런 일이'급이라고, 저러다 장마 같은 때 곰팡이나 벌레 한번 번지면 어셔 룸까지 좆 되는 거 아니냐고. 하지만, 유니폼을 완벽하게 갖춰 입고 어셔 룸 문을 나선 그들은 *극장장님. 필요하실 때 언제든 정리해 드리겠습니다. 저는 도서관리병, 이 친구는 보급병 출신입니다*라고 싹싹하게 말할 줄 아는 자들이기도 했다. 나는 그런 장면에서 또래 예비역들이 움켜쥐는 놀라운 사회생활을 목격했다. 그럴 때, 왜 나는 저런 말을 상상조차 하지 못할까, 저런 장면을 목격해 알게 된 후에도 왜 따라 하지 못할까, 그러면서도 왜 솔직히 절대로 따라 하고 싶지 않은가, 그런 고민을 해 보기도 했지만. 저들의 다나까는 왜 자연스러우며 왜 허락되는가, 그런 생각을 붙잡고 주물러 보기도 했지만. 그때의 나는 그보다는 그저 그 방의 공기를, 분위기를, 냄새를, 순간을, 그 리스트를, 그 소용돌이의 운동성을 훔치는 데에 더 많은 시간을 썼다. 나는 그 소용돌이를 좋아했으니까. 좋아하게 되었으니까.

극장장 아저씨는 어셔 룸을 오가는 우리보다는 종이와 책에 훨씬 관심이 많은 편이었고, 그 때문인지 덕분인지는 몰라도 어린 군필들의 눈과 입술과 다나까가 각 잡아 바치는 미소를 덤덤히 넘기고는 했다.

괜찮아요. 뭐가 어딨는지…… 다 압니다.

나는 극장장 아저씨의 그런 아무렇지 않음이,

그냥…… 밟고…… 가세요…….

두꺼운 10수 순면 같은 청순한 태도가 마음에 들었고, 흥미로웠다. 극장장 아저씨를 관찰할 기회는 얼마든지 있었다. 어셔 룸에 가기 위해서는 반드시 그 책-소용돌이를 통과해야만 했으니까. 깜박 잊고 뭐라도 놓고 나온 날에는 오가면서 극장장 아저씨를 두 번 더 봐야 했고, 하루에 공연이 두 번 있는 날에는 당연히 추가로 더 봐야 했다. 2로 이루어진 등차 수열의 미로 속에 오도카니 앉아 자신의 종이 더미 속으로 빨려 들어가던, 형광펜과 색연필을 소중히 쥔 극장장 아저씨.

그는 상당히 파리하고 반쯤은 고목나무가 된 뱀파이어의 분위기(실제로 사무실이 별 없는 지하에 있었으므로)를 풍겼고, 예술 아저씨들 특유의 약간 바랜 듯한 색깔의 머리털 사이로 한 줄기 멸종 직전의 바람을 조용히 펄럭이는 사람이었다. 면도는 했지만 안 했고, 안 했지만 한 미세 수염의 상태를 유지했고, 눈이라고 불러야 할지 안와라고 불러야 할지 안구라고 불러야 할지 모를 그 부위는 퀭했으나, 눈빛 자체는 형형했다. 그리고 늘 에쎄 시리즈 담배 특유의 연한 흙내와 함께, 왠지는 몰라도 찰랑이는 은단 통을 떠올리게 하는 냄새를 은은하게 풍겼다. 역한 냄새는 아니었다. 잔향이 녹슨 물음표처럼 *또르륵,* 남는 냄새였다. 그러니까, 그는 아주 전형적인 종류의 과묵한 예술 아저씨였다는 말이다…….

학교 바깥에서 일하고 있는 예술 아저씨를 본 것은 그때가 처음이었다. 뭔가 가시적인 것을 만들고 있는 예술 아저씨라니. 나는 그게 너무 신기했다. 예술 아저씨들의 서식지는 오직 캠퍼스이며, 따라서 그들은 캠퍼스 안에서 발생했다가 캠퍼스 안에서 사라지는, 말하자면 균류의 대명사, 우리의 가을 식탁을 책임지는 훌륭한 버섯 친구들과 같은 거라고 막연하게 알고 있었는데. 세상에, 현실 세계에도 예술 아저씨가 존재하여 실제로 뭔가를 하고 있다니.

그 전까지 나는 학교 수업에 큰 흥미가 없는 학생이었다. 얼떨결에 불문과에 진학해서 그럭저럭 성과 수와 변덕 심한 동사 활용과 망할 시제 열두 개를 억지로 외워 가고 있었지만. 부스스하며 새치가 잔뜩 솟은 머리털이 주렁주렁 달린 복잡한 머리를 이끌고 귀국한 지 오래인 선생들, 그러나 에펠탑에 기약 없이 매달아 두고 온 자신의 소중한 영혼 일부를 잊지 못해 매일 슬픔에 잠겨 있는 선생들, 그들의 수업 내용을 건조하게 받아 적고 있었지만, 그것들이 도대체 무엇을 건설해 나가는지, 그것들이 모여 어떤 아름다움을 열 수 있는지에 대해서 나는 아무 생각이 없었다. 그것들이 나의 인생과 나라는 사람에 어떤 영향을 줄 수 있는지에 대해 상상도 못 했으니까.

하지만 아르바이트를 위해 극장장실의 거대한 책-소용돌이를 얼떨결에 드나들면서, 그걸로 뭔가를 만들고 무대에 올리는 사람들의 세계를 보면서, 학교를 벗어나 나의, 실제의 현실에 더 쿨한 자세로 나타난 텍스트들을 실제로 만나게 되었다. 나는 그것들에게 호기심을 갖게 되었다. 압도였고, 흡수였다. 그건 능동이면서도 수동에 기울어 있던 것 같다. 대명동사의 끔뻑이는 윙크만큼.

그것들은 주말 거실에서 드라마를 보다 방에 들어왔을 때 아무렇지도 않게 다리를 꼬고 앉아 나에게 인사를 건네는 드라마 속 미모의 배우 같기도 했고, 두꺼운 식물도감 속 세밀화로부터 뻗어 나와 진짜 향내를 피우는 꽃줄기 같기도 했고, 죽은 화분에서 홀로 기어 나와 쌕쌕 숨 몰아 쉬는 위험한 맨드레이크 같기도 했다. 대면이자, 노출이자, 홀림.

예술은 존재하고 있었던 것이다. 예술은 정말로, 있다. 그것을 만지작대는 사람이 있다. 가꾸는 사람이 있다. 문학은, 텍스트는 실재한다. 그것은 그 기이한 지하방 같은 데에서 출발해 사람의 고민을 입고 몸을 얻어 세상으로, 우리의 머리 위로 뻗어 나간다. 예술 아저씨가 앉아 있고, 책 수천 권이 자기들끼리 찧고 까불며 소용돌이치는 곳, 어셔들의 사복과 휴대전화와 헛된 뒷담화가 쓸쓸하게 담겨 있는 방 천장 위에는 수백 개의 자리가 있다. 거기에 수백 개의 엉덩이들이 앉아서 무대를 바라본다. 그 무대에서 피, 땀, 눈물을 흘리며 걷고 뛰고 소리지르며 연기하는 사람들이 있다. 콘솔에는 그 순간 우주에서 가장 섬세하게 빛과 소리를 다루는 사람들이 있다. 그 몸들이 예술을 부르고, 빚으며, 예술이 된다. 예술이 예술로서 뿜어져 나와 실천되는 그 순간. 그 스파크들. 그게 엉덩이들에게 가서 닿는다. 사람들은 그걸 코트 속에 소중히 품는다. 그리고 상기되어 발그레한 볼을 하고서 귀가한다. 집에 도착하면 손발을 닦고 노란 불을 켜 놓고 오도카니 앉아서 그 기억을 음미한다. 어서들은 그 별들의 가능성을 축복하며, *안녕—*, 극장 문을 닫는다.

종이에 빨려 들어간 예술 아저씨에게 *안녕하세요* 하는 것은 언제나 어색했지만, 나는 그 정신 사나운 극장장실을 지나가는 잠깐이 좋았다. 나도 그 소용돌이를 삼키고 싶었고, 그 소용돌이에서 헤엄치고 싶었다. 그 산만하고 더러운 양수책상 옆을 지나면서 아무렇지도 않게 툭툭 쌓여 있는 텍스트 제목을 매번 훔쳤다. 그걸 짤따란 유니폼 재킷 주머니에 넣어 놓고 일했다. 그것은 오전 수업 시간에 들은 것들, 학교 도서관에서 만난 것들과 우연히 만나고 뭉쳐 둥그렇게 분꽃 씨앗만 한 것이 되었다.

공연이 시작되어 출입문을 닫을 때마다 느껴지던 이상한 진공상태에서. 잠깐 암전이 되었다가 무대조명이 톡, 떨어지기 전의 짧은 틈에서. 관객들이 고양된 가슴을 안고 일어서 박수를 칠 때. 엔딩곡 마지막 음의 진동이 마침내 부드럽게 사라질 때. 모두가 떠난 후 텅 빈 로비에 노란 실내등만 남을 때. 거기에서 먼지가 불규칙하게 회전하는 것이 보일 때. 몇 번씩 되풀이해 본 공연에서 배우들이 주고받는 아슬아슬한 애드립이 들릴 때. 그때마다 그 둥그런 것은 조금씩 조금씩 자라났다. 나는 그것을 사랑하게 되었다.

그리하여 그것이 호두알만 하게 자랐을 때. 나는 도처에서 그것을 발견할 수 있게 되었다. 이해할 수 없던 텍스트 속에서도. 뜬구름 잡는 이야기밖에 없는 것 같던 수업에서도. 일상이 아주 미세하게 어긋나며 이상하게 낯설어지는 순간들에서도. 여전히 이해할 수 없었고, 여전히 잡히지 않는 구름이었지만, 나는 그것을 만날 수 있었고, 수줍게 반가움을 표현할 수 있었다. 그런 틈들. 찰나들.

고백하자면, 극장장실 문을 열 때마다 오늘은 예술 아저씨가 더 이상하고 더 재밌는 것을 읽고 있게 해 달라고 나는 나의 없는 신에게 기도했다. 그리고 또 고백하자면, 극장장실 문을 열 때마다, 동시에 그곳에 아무도 없게 해 달라고 나는 나의 없는 신에게 기도했다. 그 소용돌이 속에 최대한 오래 있고 싶었기 때문이다. 그게 종종 허락되는 순간마다 온갖 것을 온몸으로 훔쳤다. 나는 관념적으로 벌거벗은 채, 최대한 깊게 숨쉬었다. 은박의 스파크와 묘한 먼지 냄새를 몸에 넣었다.

사실 나는 외풍이 숭숭 들어오는 주차장 초소에 앉아 있는 것도 좋아했다. 당장 5분 후에 고장 날 것처럼 바들바들

떨리는 난로 앞에 몸을 착착 접고 앉아 라디오를 몰래 듣는 일에는 은근히 낭만이 있었다. 언제 누가 나타날지 모른다는 약간의 쫄깃한 긴장감 속에서. 무전을 타고 간간이 공연장 소리가 슬쩍슬쩍 앉았다 가는 가운데 창문 너머로 우뚝하고 무표정한 남산을 보고 있으면, 또 그럴 때에 눈이라도 조금 내리면 마음이 아주 좋았다. 산불 감시원이나 유성우 관측원 같은 것이 된 기분이기도 했다. 그런 순간에는 무언가 알 수 없는, 정말이지 근원 모를 애틋함이 속에서 올라오고는 했다. 그게 몸속의 모든 분홍색을 부드럽게 쓸어 보고는 날리는 눈 속으로 휭하니 청량하게 떠나는 감각. 그때 해는 녹는 것처럼 늘 몰래 졌고 사람들의 불빛이 사람들의 동네 쪽으로 간간이, 아주 간간이 지나갔다. 그러는 동안 극장장실의 소용돌이와 학교 수업을 따라 읽은 유르스나르, 전혜린, 아니 에르노, 최승자, 플로베르, 블랑쇼, 말라르메…… 그건 거의 감염에 가까운 것이었다.

공연이 끝났다는 연락이 오면 무전 너머로 흩날리는 박수 소리를 따라서 빨갛게 언 코를 하고 어셔 룸으로 돌아갔다. 그때마다 기쁘고, 또 슬펐다. 뒤꿈치가 나달나달한 구두를 신고서 조그맣게 열린 비밀 파티에 다녀오는 가난한 아가씨의 기분.

*

「원신」이 매출 2조 원을 달성하는 데에 걸린 시간은 석 달이다. 그 석 달은 평범한 학생들이 한 학기를 무사히 마치며 가뿐하게 독후감과 페이퍼를 제출한 다음, 우리의 전혜린과 아니 에르노를 서둘러 중고 서점에 처분할 수 있는 시간이기도 하다. *뭐라고요? 재고 초과로 매입 불가라고요?* 「리그 오브 레전드」의 지난 유럽 지역 결승전 분당 최고 동시 시청자 수는 4500만 명 이상이었다. 그 1분은 누군가가 남산 앞 비밀의 주차장 초소에서 클랙슨 진상과의 대치를 마친 후, 혼자 빨갛게 언 코를 팽팽 풀 수 있는 순간이기도 하다. 세상에 공평하게 주어지는 것이 오직 시간뿐인 것은 맞지만, 인기의 정도에 따라 시간의 질량과 질감은 참 달라진다. 어딘가의 시간이 수천만 인간의 환호성과 함께 윤택하게 흐르는 동안, 다른 어딘가의 시간은 외롭고 고독하고 축축하게 흐르는 것이다.

사람은 자기가 좋아하는 일을 하면서 사는 게 맞다. 그건 훌륭한 일이다. 정말로 복된 일이다. 크게 복된 일이다. 왜냐하면, 그게 불가능한 사람도 있는 거라서. 외롭고 고독하고 축축한 것이 취향인 사람은 그 취향 속에서 의식주를 해결할 수가 없다. 비밀 파티에서 홀로 감염된 한 사람의 아가씨로서, 나는 그 미적인 감염을 최대한 지키고 싶었다. 나도 하나의 작은 소용돌이를 가꾸고 싶었다. 하나의 작은 소용돌이로 살아가고 싶었다. 하지만, 작고 힘없는 소용돌이, 그것은 제 값을 받는 노동으로 치환되기 너무나 힘든 것이었다.

나는 주어진 운명에 맞서 뭔가를 개척할 만큼 특별하고 고집 세고 체력 좋은 자, 그러니까 영웅이 아니었고, 아니며, 아마 앞으로도 아닐 것이다. 개척은커녕 주어진 것에 납작 순응하는 장삼이사이자 필부필부이자 갑남을녀로서, 어떻게든 키코에 몸을 붙이고 있어야 했다. 그게 내가 혼란의 월드 팀에서 버틴 이유였다.

*

엑시트에 성공한 한 유명 스타트업의 일화 하나가 사내에 떠돌기 시작했다. 그건 불길한 혜성처럼, 피 묻은 사냥용 부메랑처럼 자꾸만 돌아오는 아주 이상한 이야기이기도 한데.

어느 날 우연히 직원과 대표가 엘리베이터에 단둘이 타게 되었다. 둘은 인사를 나누었다. 대표가 직원에게 당신은 무슨 팀이냐고 물었다. 직원은 자기 소속을 말했다. 그런데 대표는 그 팀이 무엇을 하는 팀인지 바로 떠올릴 수 없었다. 그래서 그날로 해당 팀이 해체되었다.

괴담 같지만 불행히도 실화인 이 이야기를 들을 때마다 나는 만약에를 스티커처럼 자꾸 덕지덕지 붙이게 된다. 만약에 그 직원이 그날 커피를 사느라 엘리베이터를 타지 않았다면? 만약에 그 대표가 화장실에 다녀오느라 엘리베이터를 타지 않았다면? 만약에 다른 직원들도 잔뜩, 대표의 비서까지 다 같이 엘리베이터를 탔다면? 만약에 그 대표가 우연히라도 회사 조직도를 몇 시간 전에 봤더라면?

이야기에 만약에를 잔뜩 붙여 보지만, 만약에는 아무래도 잘 찢어지는 스티커 같다. 운명을 붙이기에 그건 너무 약하다. 이미 발생한 사건은 필연적으로 미끄러지며, 그럴 수밖에 없음의 외톨이 수로서 스르륵 미끄러져 깨져 나간다. 누군가의 한없이 가벼운 스몰토크와 누군가의 한없이 곤란한 커리어, 생계와 미래, 불운과 행운의 성의 없는 팔씨름.

계절이 몇 번 바뀐 뒤, 조직개편의 유탄을 제대로 맞고 나의 월드 팀은 흐지부지 정리되었다. 애초에 대표의 우주 정복 힙스터 놀이를 위해 만들어진 팀에 가까웠던 터라 예견된 일이기는 했다. 생각보다 너무 오래갔다고 얄밉게 입을 털어 대는 치들도 있었다. 조직개편은 모두에게 귀찮고 무서운 것인지라 사내 분위기가 뒤숭숭했지만, 그 와중에도 5층 핫키 본부는 활기차 보였다. 그들은 이참에 귀찮은 업무들을 더 쳐내는 데에 성공했을 것이다.

다국적 직원들이 남은 계약기간을 적당히 채우며 그들끼리 비자 관련 정보와 국제화물 이용 팁 따위를 주고받는 동안, 나는 업무를 정리하고 팀을 옮길 준비를 하고 있었다. 달이 바뀌는 대로 오메가 스튜디오 오메가3 팀으로 옮기라는 통보를 받은 상태였다. 그나마 잘리지 않고 팀을 옮길 수 있던 것은 애매한 연차에 애매한 커리어를 갖게 된 나를 딱하게 생각한 팀장님이 마지막 은혜를 베풀어 주신 덕분이었다. 하지만 나는 거기에 대단히 큰 스트레스를 받고 있었다. 한참 안 피우던 담배에 다시 손을 댈 정도였다. 구깃구깃하게 멸망한 낙하산을 타고 내려가 본격적으로 게임 기획을 하게 된다는 것이 공포스러웠기 때문이다. ……*나는 게임을 좋아하지도 잘하지도 못한다. 하지만 나는 게임 회사 직원이다. 하지만 그동안 게임과 사실 관계없는 일을 했다. 하지만 당장 다음 달부터 게임을 만드는 일을 해야 한다. 하지만 나는 게임을 좋아하지도 잘하지도 못한다. 하지만 나는 게임 회사 직원이다.* 생각이 빙빙 돌았다. 하지만, 하지만, 하지만……. 그 힘 빠지는 추운 입김의 부사가 생각에 붙을 때마다 자신감이 푹푹 꺾여 나갔다.

이참에 퇴사를 하는 게 맞겠다는 생각이 당연히 들었으나, 키코게임즈 월드 팀에 얼떨결에 들어와서 버텼던 것과 정확히 같은 이유로, 그 시절에도 버티는 것 외에는 딱히 수가 없었다. 키코에서 몇 계절을 보낸 후였지만, 졸업 후 온갖 잡스러운 알바를 전전했던 인문대 출신 여자, 이도 저도 아닌 경력에, 영어도 불어도 시원찮은 인간, 자신 있는 것은 오직 생활 베트남어와 빈정대기밖에 없는 인간, 발등에서 학자금 대출과 생활비가 불타고 있는 인간이라는 사실은 조금도 변하지 않았기 때문이다. 지겨운 퍼킹 파밍. 나의 좁아터진 인벤토리. 거기에 외국인을 위한 서무에 가까운 일을 한 경력과 나이, 그놈의 빌어먹을 한국 나이가 얹혀 이력서만 더 기묘해진 상황이었다. 나의 똑 부러지는 동생이 입사 전에 한 이야기가 맞았다. 게임 못 하는 사람은 게임 회사 가면 안 되는 것이다. 핵심 팀 소속이 아니라면 일을 하면 할수록 커리어만 더 꼬이는 것이다.

그렇게 팀을 옮기기 전 온갖 걱정으로 머리가 어지럽던 때였다. 옥상에서 오랜만에 담배를 피우고 있는데 팀장님이 자기도 한 대 달라며 따라 올라오셨다.

어, 팀장님도 담배 피우셨나요.

아이 생기기 전에는 저 엄청 헤비스모커였어요.

아, 그러셨어요오?

…….

어색하기 짝이 없었다. 나는 왜 이렇게까지 인간과의 스몰

토크에 약한 년일까. 동네 산책 중 만난 개님과 말하는 게 더 안정적이다. 내가 그때까지 힙스터 대표, 우리 기고원 아저씨와 단둘이 엘리베이터를 탄 적이 없어서 다행이지, 있었다면 월드 팀은 애저녁에 날아갔을 것이다. 전 세계 언어로 찰지게 울리는 *퍼킹 유라조*가 사무실의 드높은 천장에 닿았다가 내 정수리에 수직으로 내리꽂히는 것을 들을 수 있었겠군……. 말도 안 되는 자책을 뭉게뭉게 키우고 있을 때, 팀장님이 자신의 거취에 대한 이야기를 슬쩍 꺼내셨다. 평소처럼 지하 카페 대신 거대한 에어컨 실외기 더미 뒤에서 소곤소곤 이야기하는 것을 택하신 것을 보니, 이건 사실 비밀 이야기구나 싶었다. 사내 공간이라면 시멘트 벽에도 귀가 있고 적벽돌 기둥에도 입이 있는 법이니까.

……그래서 전에 같이 일했던 분 있는 데로 가요. 게임계, 이번에 정말 지치기도 했구.

아, 네…… 멋있어요, 팀장님. 팀장님은 일도 엄청 잘하시고 게다가 영어랑 일본어도 다 잘 하시…….

에이, 늘 쓰는 말만 쓰는 거죠. 언어야 유라 님도 할 줄 알잖아요.

퇴사 후 자신의 거취를 알리고 싶어 하지 않는 사람은 꽤 많았다. 앞으로 농사 짓는다며 사라진 사람도 있었고, 고향에서 호프집 한다며 사라진 사람도 있었다. 키코와 인간이 지긋지긋해서 그랬을 것이다. 물론, 세상 어느 업계나 그렇듯이 이쪽 판교 바닥도 좁으므로 조심해야 한다. 비밀 퇴사를 해 보았자 점심시간, 식당 옆 테이블에서 목에 새 사원증 달고 민망하게 다시 만날 확률이 엄연히 있기 때문이다.

미세먼지와 황사가 몰려와 우리의 시야를 반쯤 가린 날이었다. 신도시 특유의 구획된 도로 풍경이 저 아래로 펼쳐져 있었다. 눈으로 보기에 시원하고 자동차를 타고 지나갈 때에도 편리하지만, 막상 걷는 사람은 눈앞에 보이는 장소에 가기 위해서 툭툭 인색하게 억지로 놓은 횡단보도를 찾아 한없이 빙빙 돌아야 하는…… 속 터지는 바둑판 신도시. 문제는 내가 늘 걷는 쪽이라는 것이며, 그것보다 당면한 또 하나의 문제는 그때 할 말이 더럽게 없었다는 것이다. 야무진 인간이라면 절호의 기회 앞에 화술을 살살 발휘해 소문도 캐내고 정보도 빼내고 핫키 놈들 욕도 하고 인생과 진로 조언도 얻고 어쩌고 아주 바쁘겠지만, 나는 그냥 동네 길고양이와 말없이 눈키스 나누는 것을 선호하는 하찮은 인간일 뿐. 그래도 팀장님과 키코에서 개인적 이야기를 나눌 수 있는 거의 마지막 기회라는 것은 알고 있었다. 필사적으로 이야깃거리를 찾아 주변을 둘러보고 있을 때 다행히도 팀장님이 먼저 이야기를 이어 가셨다.

아? 벌집……? 저거 벌집 맞아요?

아, 저거요. 웃기죠. 근처 학교 프로젝트용이래요.

그것은 근처 대학 연구소에서 도심 내 꿀벌의 동선을 파악한다며 설치해 둔 벌통이었다.

조심하세요. 저거 저번에 해피 팀 누가 쏘였대요.

세상에. 이런 것도 산재 맞겠죠?

하하하.

호기심 많은 과학 인간들과 꿀벌과 거기에 굳이 당한 운 없는 인간에게 감사하는 가운데, 담배 연기가 힘없이 더러운 대기 중으로 퍼져 나가며 대화가 간신히 다시 이어졌다.

유라 님, 저렇게 생긴 보드게임도 있는 거 알아요?

팀장님은 약간 장난스러운 표정이었다. 떠나기 직전의 월드 팀 팀장님이지만, 역시 이분도 대단한 게임 마니아인 것이다. 만물에서 게임을 연상하는 인간. 만물 게임설을 쌓아 가는 인간.

네? 판이 벌집인 거예요?

네, 아예 벌 게임도 있고요. 육각형 자체를 보드게임에서 워낙 많이 써요.

아, 팀장님 보드게임 좋아하시죠! 그거 이름이 뭐예요?

우리는 자연스럽게 게임 이야기로 넘어갔다. 겜알못과 퇴사 예정자의 대화지만, 어쨌든 키코는 키코인 것이다. 우글우글하게 인간을 품은 곳. 심장부에서는 핫키 놈들이 뛰어놀고 머리에는 벌집을 얹은, 그것을 미세먼지가 따스하게 감싼 곳.

팀장님이 소장 중인 보드게임들, 경쟁사 신작들, 신규 업데이트 소식들 등등 이야기가 그럭저럭 이어졌지만, 사실 내가 하고 싶은 이야기는 그런 것이 아니었다. 팀장님을 붙잡고 살려 달라고 하고 싶었다. 겁이 난다고, 다음 달이 너무 무섭다고 마구 징징대고 싶었다.

저…… 팀장님.

네.

저…… 솔직히요…….

네?

좀 무서워요.

뭐가요.

기획 일 하는 거요.

에이, 또 그런다. 유라 님은 잘할 거예요. 막상 닥치면 다 하게 되어 있어요.

한없이 관대한 나의 팀장님. 가망 없는 나를 데리고 역시 가망 없는 「프린세스 메이커」를 플레이 중이셨던 나의 친절한 팀장님.

……저 게임 진짜 못해요, 팀장님은 아시잖아요.

게임 잘하는 게 그렇게 중요한 것은 아니에요. 즐기면 됐어요.

아니요, 재미가 진짜 없어요.

팀장님이 나를 둥그렇게 쳐다봤다.

키코에서 어떻게든 버티기로 마음먹은 후 나는 숙제하듯이 키코 게임을 밤마다 해 보는 중이었다. 게임 연수 선생으로 소중한 동생님을 모셔 놓고서, (모진 잔소리로 이루어진) 지도와 편달을 당하면서. 그동안 게임을 안 해 봐서 그렇지 연습하다 보면 당연히 재미를 느낄 거라고 생각했다. 매일 동시접속자 수가 수십만 명은 가뿐히 된다는 키코 게임 아닌가. 동생의 닌텐도로 「동물의 숲」을 하며 3D에 대한 최소한의 감을 얻었고, 「라이프 이즈 스트레인지」를 다시 하며 그럭저럭 전후좌우로(물론 어디에선가 잠복 중인 두통에게 잡아먹히지 않도록 천천히, 되도록 안단테와 안단티노 사이로) 잘 움직일 수도 있게 되었다. 거기에 옆자리 중국 직원이 강력하게 추천한 「원신」을 하며 넓고 자유로운 맵이 주는 특유의 열린 맛도 살짝 본 상태였다. 그 정도면 게임방에서의 악몽을 잊고 키코 게임을 그럭저럭 할 수 있을 거라고 생각했다. 하지만 게임 내에서 여러 가지가 얽힌 전투, 전쟁은 또 다른 문제였다. 그건 더 복잡하고 빠른 조작을 요구했다. 뿐만 아니라, 그건 가치관과 미감과 존재에 대한 모든 문제를 한꺼번에 건드렸다.

……팀장님, 그러니까요.

네.

그러니까…… 왜 그렇게 다짜고짜 싸워야 하는지 저는 그걸 잘 모르겠거든요. 저는 가만히 그냥 건물이나 꾸미고 싶거든요? 남들 것 갖고 싶지 않고요. 제가 남들 관심 끌기도 싫고요. 승부욕도 없고요.

팀장님은 건물이나 꾸미고 싶다는 말에 낄낄 웃었다.

유라 님, 요새 키코 게임 해요?

네. 솔직히…… 진짜 재미없어요, 머리 아파요.

음…… 그게. 키코 게임은 원래 재미없어요. 그냥 하지 말아요.

네? 어떻게 안 해요.

대신에 유라 님이 재미있는 게임을 해요. 「커피 토크」 괜찮았다면서요. 「플로렌스」 마음에 들었다면서요. 제가 추천했던 거, 「저니」. 그런 걸 해요.

그동안 괜찮은 게임을 몇 가지 만나기는 했다. 나쁘지 않았던 「커피 토크」를 시작으로 은근히 가슴 찡했던 「플로렌스」와, 아름다운 음악 속에 여행하는 기분을 살짝 느꼈던 「저니」와 「압주」, 섬세함에 한없이 감탄한 「동물의 숲」 등등. 그러나 키코의 게임들에는 그런 여운도 재미도 없었다. 이 게임이 그 게임 같고, 그 게임이 이 게임 같았다. 시작하면, 맨몸으로 알 수 없는 험한 데에 떨어진다.(이때 돈을 내면 상황이 좋아진다.) 최약체를 벗어나기 위해 열심히 돌아다니면서 뭔가 모은다.(이때 돈을 내면 상황이 좋아질 수도 있다.) 누군가 나를 공격한다. 죽거나…… 운이 좋으면 산다.(돈을 내면 죽지 않거나 반만 죽을 수도 있다.) 내가 누군가를 발견한다. 공격한다. 죽거나…… 운이 좋으면 산다.(돈을 내면 죽지 않거나 반만 죽을 수도 있다.) 모은 것으로 뭔가를 만든다. 실패하거나…… 운이 좋으면 성공한다.(돈을 내면 상황이 좋아질 수도 있으나 그 확률은 알 수 없다.) 무한 루프였달까. 이동한다, 모은다, 만든다, 싸운다, 공격한다, 죽는다, 이긴다의 순열과 조합에 흩뿌리는 과금과 가챠, 큰 가슴과 큰 엉덩이.

유라 님, 세상 게임이 다 키코 게임 같지는 않아요. 그냥 여기서는 일로서, 일만 해요. 일 배워요.

양팔과 손을 어디에 두고 시선을 어떻게 처리해야 할지 알 수 없었다. 나라는 존재 자체가 통째로 어색하다는 느낌이 들었다. 애꿎은 담뱃갑을 뒤적였지만 이미 텅 비어 있었다.

제가 뭐 여기서 기획했던 건 아니지만, 그래도 이 정도 규모에서 일 배우는 게 또 흔한 기회가 아니거든요. 상업성이라든가. 사람들 취향에 대한 감도 그렇고.

그래도 담뱃갑이라도 쥐고 있는 것이 다행이었다. 나는 괜히 그걸 주물렀다. 비닐이 구겨지는 소리가 애매하게 퍼지며 흡연 경고 그림 — 그날의 픽은 썩은 폐였다 — 이 구깃구깃해졌다.

천만 단위, 억 단위 사람들이 동시에 좋아하는 일이 사실 게임 말고 또 없거든요. 여기 아니면…… 영화판 정도? 그 외에는 진짜 없을걸? 그러니까 그거 배울 때까지 여기 있어요.

애써서 바라본 팀장님의 눈동자가 아주 또렷했다. 그걸 보는데, 아주 쑥스럽고, 왠지 슬펐다.

유라 님도 언젠가 이직할 거잖아요? 일단 배워 놓고, 어디를 가든 유라 님 하고 싶은 거, 마음에 드는 거 해요. 저는 유라 님 충분히 할 수 있다고 봐요. 여기 웬만한 직원들보다 더 잘. 닥치면 다 한다니까?

세상에서 스몰토크보다 더 어색한 것이 있다면, 그것은 맨투맨으로 칭찬 듣기일 것이다. 칭찬이란 왜 이렇게까지 민망하고 어색한 것일까? 팀장님은 나를 어떻게 믿고 이렇게 좋게 봐 주시는 걸까? 이렇게 목석처럼 뻣뻣하고 요령 없는 나를. 3D 게임 잠깐에 몸살 걸려 나가떨어지는 나를. 민망해서 손을 쥐었다 폈다를 괜히 반복했다. 썩은 폐 그림은 땀으로 축축한 손안에서 잘 반죽되고 있었다.

게임 만든다고 게임만 하는 거, 그거는 진짜 아니거든요. 그거 안 좋거든요. 언제까지나 막 때려 부수고 가챠 돌리는 것만 만들 수는 없거든요. 핫키도…… 아유 그쪽 진짜 너무 그러면 안 되거든. 하하하하.

민망함과 어색함 사이에서 감사함과 미안함이 치솟아 올

라왔다. 진심으로 울고 싶었다.

유라 님은 할 수 있어요. 그동안 잘했어요. 숫자 감도 좀 있는 것 같고. 관찰력도 좋고. 하하하.

급기야 눈에 눈물이 그렁그렁 올라왔는데, 간신히 흘리지는 않았다. 화장실에라도 당장 도망가고 싶으면서도, 이런 시간이 다시는 오지 않을 것이며 이런 이야기를 다시는 듣지 못하게 될 거라는 것을 알아서 어느새 키코 게임 맵 텍스처처럼 되어 버린 구깃구깃한 썩은 폐 사진에 손톱이나 문질러 대다가 간신히 목구멍을 쥐어짜듯 열어 말했다.

팀장님.

네?

감사합니다.

뭐가요, 이렇게 팀이 산산조각인데요, 하하하.

그거는…… 뭐. 그냥…… 그냥 그렇게 된 거잖아요.

……이 업계가 그렇죠. 사람 참 잘 자르고. 근데 또 사람 뽑을 때는 죄다 인맥으로 뽑고? 유라 님도 관리 잘해요. 내 추천인 거니까? 하하하.

*

다국적 직원들은 마스크팩과 케이팝 굿즈 따위를 챙겨 아듀 — 대부분 본국으로 떠났다. 나의 이현 팀장님은 조용하게 떠나면서 그 와중에도 이런저런 게임 추천을 잊지 않으셨다. 사랑일까? 사랑일 것이다. 무엇에 대한? 복합적인 것이겠지.

빈 책상이 아주 황량했다. 신규 입사자용 웰컴 키트 화분 흙이 돌처럼 굳어 있었다. 이름 모를 식물은 말라 죽은 지 오래였다. 누군지 모를 다음 자리 주인을 위해 먼지를 닦으면서, 극장장 아저씨의 책-소용돌이 방과 남산 앞 주차장 초소를 생각했다. 인간들의 이야기가 흘러넘쳐 천장까지 찰랑이던 그 방, 엄청나게 쌓인 종이들과, 더 엄청났던 색색의 밑줄들. 탈탈거리던 선풍기, 방충망을 뚫고 달려들던 모기들. 당장 꺼질 것같이 위태위태하던 난로와 항의의 클랙슨 소리. 그렇지만 거기에서 노랗게 가능하던, 나의 예술과 문학. 나를 감염시킨 작가들. 그런 아름다운 것들을 생각했다. 그런데 나는 왜 엉뚱한 판교 땅, 이케아의 연두색 나뭇잎 캐노피로 가득한 사무실에 있는 것일까. 캐노피들은 하나같이 깨끗했다. 먼지가 채 쌓이기도 전에 이직하거나 잘리거나 조직개편을 해 대니까. 물론 나도 조직개편의 조각일 뿐이었다. 그중에서도 제일 하찮고 미세하여, 위에서 누가 재채기라도 하면 날아가 사라질 조각.

짐을 옮겼다. 낯선 7층. 오메가 스튜디오에서의 시간이 시작되었다. 인트라넷에 들어가 나의 새로운 소속을 괜히 한 번 더 확인했다. 키코게임즈 신사업본부 오메가 스튜디오 오메가 3 팀 조유라. 길기도 길었다. 해피 팀 — 그러니까, 놀랍게도 인사 팀을 말한다 — 과 만날 시간을 기다리면서 자리 세팅을 마저 했다. 근로계약서를 다시 써야 한다고 했다.

S ↓ 근로계약서,

가슴,

미소녀의 추억

근로계약서

키코게임즈 주식회사(이하 '갑' 이라 한다)와 근로자 조유라(이하 '을' 이라 한다.)는 근로기준법과 회사의 취업 규칙 및 규정을 상호 성실하게 준수할 것을 서약하고 아래와 같이 근로계약을 체결한다.

(갑) 사용자

상호: 키코게임즈

대표자: 기고원

주소: 경기도 성남시 판교로 399 (삼평동, 키코 빌딩)

(을) 근로자

성명: 조유라

주소: 서울시 송파구 석촌호수로 225 1101호(석촌동, 서호타워)

담당 직무 및 근로 장소

1. 담당 직무: 프로젝트 기획 (M직군)

2. 근로 장소: 경기도 성남시 판교로 399 (삼평동, 키코 빌딩)

근로시간 및 휴게 시간

1. '을'의 근로시간: 10:00 ~ 19:00 (휴게 시간 한 시간 포함, 주 5일 근무)

2. 업무상 필요에 의하여 연장/휴일/야간 근로를 하고자 할 경우, 사전에 회사의 승인을 얻어야만 한다.

근로의 기타 조건

본 계약에서 정하지 아니한 사항은 취업 규칙, 사규 및 관련 법령에 따른다.

비밀유지 및 고지 의무, 손해배상

1. '을'은 업무상 얻은 회사의 비밀을 재직 중이나 퇴사 후라도, 절대로 타에 누설해서는 안 된다.

2. ‘을’ 은 주소의 변경, 질병 등 신분상의 중요한 변동이 있는 경우 즉시 ‘갑’ 에게 알려야 한다.

3. ‘을’ 의 고의 또는 과실로 회사에 손해를 입힌 경우 ‘을’ 은 이를 배상할 의무가 있다.

기타 사항

1. 매년 본인 부담으로 신원보증보험에 가입해야 한다.

[각 서]

본인은 본인의 근로계약 내용을 어떠한 경우에도 타에 누설하지 않겠음.

본인은 타인의 급여 내용을 알려고 하지 않을 것이며, 혹 알게 되더라도 누설하지 않겠음.

본인은 본인이 근로 중 얻은 회사의 비밀을 절대 타에 누설하지 않겠음.

위 1, 2, 3항을 위반하는 경우 회사의 어떠한 조치에도 이의를 제기하지 않고 받아들이겠음.

본인은 취업규칙 및 근로계약서의 내용에 동의하며 이에 따른 회사의 어떠한 조치에도 이의를 제기하지 않고 받아들이겠음.

성명 : 조 유 라 (서명) 조유라

회의실 앞에 사람들이 줄을 서 있었다. 다들 해결되지 않은 무엇을 품은 채, 구부정하게 서서 스마트폰을 쳐다보고 있었다. 마치 공용 화장실 앞에 늘어선 줄 같았다. 수습 기간을 마친 사람들이나 나처럼 직군을 바꾸게 된 사람들, 계약 기간 만료 후 재계약을 하는 사람들, 호봉제에서 연봉제로 계약을 변경하는 사람들이었다. 줄은 화장실 줄보다 빠르게 줄어들었다. 차례가 되어 들어가 보니, 해피 팀 주영인이 누런 피곤함 위에 학습된 미소를 애써 덮은 얼굴을 하고 앉아 있었다. 똑같은 설명을 계속 반복하고 있는 입술이 매우 건조해 보였다.

근로계약서에 정독할 시간은 없었으나, 어쨌든 내가 각서까지 써서 올리는 '을'이라는 것은 아주 확실했다. *당신들은 나를 위해 무엇을 해 주나요?* 묻고 싶었으나 그건 월급일 테고. 주영인이 기계적인 목소리로 업무상 비밀유지를 계속 강조하는 것에 *아, 예예*…… 대충 대답하며 시키는 대로 구석구석 사인을 했다.

M직군. 호봉제에 따라 월급은 올랐다. 아껴 먹는 보름치 식권값 정도. 그날 집에 들어가면서 이유 없이 치킨이라도 한 마리 시킬까 했지만, 조금이라도 부대끼는 것을 먹으면 왠지 소화가 안 될 것 같았다. 안주 없이 맥주라도 한잔 할까 했지만, 동생이 늦는다고 해서 그조차 안 마셨다. 혼자 마시기는

싫었다. 침대에 억지로 누웠지만 잠이 안 왔다. 이현 팀장님이 남기고 간 이야기를 몇 번이나 반복해서 생각했는데, 그래도 잠이 안 왔다. 거실로 나와 괜히 소파에 앉아 있다가 나도 모르게 불편한 자세로 잠들었다.

*

그리하여, 팀이 바뀌었다. 팀장도, 팀원도 바뀌었고, 하는 일도 바뀌었고, 사무실도 바뀌었고, 그대로인 것은 오직 나, 조유라뿐.

새 팀장 서은수의 첫인상은 잘 기억나지 않는다. 약간 색소가 부족한 느낌으로, 어딘가 윤곽이 희미한 느낌이었던 것 같다. 나보다 머리 하나는 작을 것 같은 조그만 아저씨. 어딘가 예술 아저씨들 특유의 한 줄기 멸종 직전의 바람을 동경하는 느낌을 풍기기도 했지만, 그걸 해낼 수 있을 것처럼 보이지는 않았다.

새 팀장은 둘이서만 먼저 점심 한번 하자며 회사에서 그리 멀지 않은 유명 만둣집으로 나를 데려갔다. 어릴 때는 만두를 참 좋아했다. 한창 클 때는 동생과 거대한 들통의 물이 다 증발해 사라질 때까지 만두를 쪄 먹은 적도 있다, 불내기 직전까지. 둘이서 업소용 초대형 만두 봉투를 한 번에 뚝딱 비워 내던 시절. 그런데 언젠가부터 만두를 잘 먹지 못하게 되었다. 먹고 나면 유난히 소화가 잘 안 되었다. 나이가 들어 간다는 증거일 테다. 하지만 거의 초면이나 다름없는 사람에게 요즘 소화가 되네 안 되네 설명할 것은 또 아니라서, 아무 소리 하지 않고 그냥 새 팀장을 따라갔다.

우리가 간 만둣집이 이름난 것은 만두를 빚는 만두방 덕분이었다. 만두방은 길에서 훤히 들여다보이는 통유리로 되어 있고 거기에서 주인 할머니가 만두를 빚는다. 출퇴근길 버스 안에서 보면, 그 호호 할머니는 아침에도 만두를 빚고 있고 저녁에도 만두를 빚고 있다. 나는 그 꾸준함과 근성과 부지런함과 체력과 인내⋯⋯ 그 밀가루 노동의 모든 것이 존경스러우면서도 무서웠다. 주변이 그렇게 개발되고 꿈틀대는데도 희한한 위치에서 꿈쩍도 않는 고집, 원색으로 악을 쓰는 듯한 간판과 더러운 메뉴판, 그때그때 오직 최소한의 땜질만 해서 거대한 점묘법으로 이루어진 누더기가 되어 버린 가게 안팎, 그렇게 장사가 잘되는 데에도 절대 고치지 않는 끔찍한 화장실이. 그 모든 것에 무신경하면서도 꼼꼼하게 노랑이 같을 수 있는 것이 무서웠다.

그날도 역시 할머니는 만두를 끊임없이 만들고 있었다. 할머니는 만두를 빚고 또 빚었다. 만두소로 가득했던 커다란 스텐 양푼이 빠르게 비어 갔다. 할머니는 모든 것을 만두피에 집어넣고 꿰매서 쪄 버릴 기세였다. 숟가락도, 도마도, 밀대도, 칼도, 쟁반도, 밀가루 봉투도, 반죽기도, 벽에 매달린 빨간 유선전화기와 트랜스를 물려 쓰는 110볼트 선풍기도, 모조리 할머니의 만두피 안에 쓸려 들어갈 수 있을 것 같았다. 빚다가 빚다가 할머니도 만두에 들어갈 것 같았고, 어떻게 보면 이미 할머니가 만두로 이루어진 것 같았고. 만두와 할머니가 자리를 바꾸어도 별일이 생기지 않을 것 같았고. 할머니가 *이봐, 거기 조유라. 너도 그만 일어나. 게임은 뭔 팔자에 없는 게임이냐. 멍청한 것. 만두나 되렴.* 하면서 나를 썰어 양푼에 처넣어도. *예, 알겠습니다.* 하고 수긍해야 될 것 같았다. 끝없이 만두가 만들어지는 광경이 지나치게 숭고하고, 더럽고, 무섭고, 이상했다.

점심시간보다 약간 이른 시간이었지만, 사람 냄새 나는 맛집으로 유명한 곳답게 손님들이 꽉꽉 차 있었다. 사람 냄새라니. 그런 것은 악취라고 생각하는데. 홀에 가득한 사람들은 만두를 아구아구 먹고 있었다. 여기저기서 추가 주문을 넣는 소리가 들렸다. 다들 만두를 먹기 위해 태어난 사람들 같았다. 모두의 저작 활동이 맹렬하고 자연스러웠다. 하지만 나는 그렇게 악착같이 빚은 만두를 먹기가 뭔가 힘이 들었다. 만두가 나보다 오래된 것 같고 강력해 보였다. 온갖 야채와 정체를 알 수 없는 고기가 한 덩어리가 되어 버티듯이 뭉쳐 있는 것이 갑자기 생경했다. 할머니의 모질고 집요한 손이 만두 주둥이에 꾹꾹 닿았다 떨어진 그 흔적이 부담스러웠다. 만두가 지치지 않고 온몸으로 끈질기게 김을 쌕쌕 뿜는 것이 아주 그악스럽고 고집스러워 보였다.

만두 뚝배기라는 뜨겁고 알 수 없는 음식을 앞에 두고 새 팀장과 앉아 있으려니 역시 어색했다. 먹기도 전에 체한 것 같았다. 똑바로 등을 펴고 앉아 있기가 힘들었다. 안 그래도 구부정한 자세를 더 구부정하게 하고 만둣집의 찐득찐득한 테이블에 팔꿈치를 기대고 간신히 앉아 있었다. 씻은 지 얼마나 된 것인지 알 수 없는, 양념과 통이 거의 물아일체를 이룬 플라스틱 덩어리가 팔꿈치에 불쾌하게 닿았다. 팀장은 이런저런 질문을 던졌고, 나는 면접을 보는 기분으로 그것에 잘, 예쁘게 대답하고 싶었지만, 그렇게 만둣집의 분위기에 질리고 눌리고 꽤나 귀찮아진 채 그냥, 모든 것을 에두르지 않고 솔직하게 말해 버렸다. 그건 실제로 면접이기도 했을 것이다. 새 팀장은 사실상 나를 떠맡은 거였으니까. 내 대답은 매우 순진해 빠진 것이었다. 게임을 잘 모르고 못 한다, 하지만 호기심을 가지고 게임에 다가가고 있다, 세상 사람들의 즐거움을 위한 일이니 잘해 내고 싶다 따위의 한없이 나이브한 이야기들. 팀장은 그런 말도 안 되는 대답을 들으면서 조그만 손으로 묵묵히 국물을 떠먹었다. 나는 팀장의 얼굴을 바라보았다. 초고도근시 안경 렌즈 너머로 어딘가 유약해 보이는 텅 빈 눈이 잠깐 보였다. 그는 그때 무얼 보고 있었을까? 무슨 생각을 하고 있었을까? 드링크제 밑바닥 같은 렌즈를 지탱하고 있는 금속 안경테가 힘겨워 보였다. 뚝배기에서 무럭무럭 오르는 김 때문에 팀장의 안경이 흐려졌다 맑아졌다를 반복했다.

*

사람은 자기가 좋아하는 일을 하면서 사는 게 맞다. 그건 훌륭한 일이다. 정말로 복된 일이다. 크게 복된 일이다. 그럼 나는 어떻게 해야 할까. 어떻게 해야 했을까.

고등학생 때까지 내가 좋아했던 것은 수학, 확률과 통계. 몇 가지 조건으로 우연을 정교하게 깎아 낸 사건들이 서로 만나고 겹치고 삼키는 것을 0.7밀리미터 샤프 펜슬로 발라내고 발라내다가 마지막에 리미트를 걸던 재미. 그리고 미술 교과서. 손바닥보다 더 작지만 몸살 나게 아름다웠던 도판들. 그리고 동아리실에 의자를 붙여 놓고 반만 누운 채 다리를 떨며 천장의 무늬를 세던 것. 소지품 검사나 두발 검사 같은 것을 피해 책상을 화장실에 빼 놓고 사라지던 익명의 22번 조유라 학생의 기억.

대학 시절 내가 좋아했던 것은 경영대 뒤 가파른 언덕에서 해바라기하던 것. 학생회관 옥상에 몰래 꽃씨 심어 놓고 그거 보러 가서 담배 피우던 것. 그러다가 고전음악 감상실에 가 길게 앉아 낮잠 자던 것. 정문 앞 펍 퍼플문에서 알딸딸해진 채로 음악 들으며 그 집 고양이 주무르던 것. 골목 제일 안쪽 목포오뎅에서 오뎅탕에 소주 마시던 것. 나는 무얼 배웠나. 언어를 배웠다. 그게 노래하는 세계를 엿봤다. 손가락 열 개도 부족한 복잡한 시제를 하나씩 나열했다. 바람이 불면 그 시제에 매달려 잠깐 얼어 있던 시간들이 엉기고 부딪히며 맑은 소리를 내는 것을 보았다. 듣는 것을 볼 수 있는 순간, 본 것을 들을 수 있는 순간, 그런 것이 글자로 잠깐 앉았다가 바람처럼 산뜻하게 종이를 떠나는 찰나를 만졌다. 아름다움이었고. 그런 걸 조그마한 라이터로 피워서 마셔 버렸고. 그런 걸 조그마한 잔에 담아 삼켜 버렸고. 나는 분명히 그렇게, 배 속에다가 반짝이는 것을 소중하게 담아 가지고 다녔다.

하지만 이제는 그것들이 고약하게 껌처럼 엉겨 있다. 키코에서 나는 그것들을 신발 밑창에 달고 걸었다.

*

얼마 후, 팀장은 나를 은근하게 불렀다. 최대한 친절한 미소를 보이려고 노력하지만 그 뒤에 무시가 어른어른한 얼굴이었다. 그러니까, 흥미롭지만 열등한 동물이나 몬스터를 보는 듯한 표정이었달까. 그런 그의 얼굴을 보면서, 나는 만둣집 테스트를 어쨌든 통과했음을 알았다. 팀장은 나를 약간 떨하고 멍청한 애, 순진해 빠진 애, 그래서 말 잘 듣고 시키는 대로 잘할 애새끼라고 파악한 것이 분명했다. 내가 그날 몇 입 먹지도 않은 만두에 된통 체한 것은 아마 모를 테지만.

팀장은 몇 가지 자료를 건네주었다. 자신이 아끼던, 일 잘하는 직원들의 포트폴리오 일부라고 했다. 개인정보가 포함된 민감한 부분을 편집하려다가, 자기가 너무 바빠 나를 믿고 그냥 보여 주겠다고 했다.

다들 이 정도는 준비하고 공부하고 들어와서 현업 하거든요. 유라 님. 특수한 상황인 거 본인이 제일 잘 알지요? 유라 님도 빨리 따라가 주세요. 이현 팀장님 생각해서라도?

팀장은 그 말끝에 일단 하하 하고 웃었다. 한 음절 한 음절이 쿵쿵 따로 노는 어색한 웃음이었다. 나도 어색하게 따라 웃었다. 그러자 팀장은 웃음기를 거두고 덧붙여 말했다.

그리고 당연히…… 이거. 절대로. 절대 어디다 이야기하거나 올리지 말고 혼자만 보셔야 합니다? 무슨 이야기인지…… 아시겠죠?

천지 분간 못 하는 곰탱아. 읽고 삼칠일 안에 인간 되어 나타나거라, 하면서 던져 준 자료였을 것이다.

얼굴 모를 사람들의 포트폴리오는 레이아웃부터 매우 화려했다. 내가 일단 놀란 것은 게임 회사 입사를 위해 사람들이 온갖 교육기관을 전전했다는 사실이었다. 아카데미, 학원, 연구원, 교육원 따위의 이름을 붙인 데를 몇 개월씩, 길게는 1년, 2년을 다니며 만든 포트폴리오였다. 게임학과 출신 학생들이 학교 숙제로 만든 것도 섞여 있었다. 월드 팀 시절에 어느 정도 얻어들은 내용이기는 했다. '게임학과'라는 단어를 한번에 못 알아들어서 어버버했던 기억도 났다. 세상에 그런 학과가 존재한다는 사실에 놀랐었다. 어딘가 황당하기도 했지만, 토익을 900점이 아니라 9만 점을 받아도 소용 없는 인문대학 인문학부 졸업생으로서 함부로 웃을 수 없는 일이었다.

월드 팀에서 늘 들어 왔지만 눈으로 직접 XX 교육원 따위의 글자를 보고 있으려니 기분이 이상했다. 다들 그렇게 게임을 하는 것으로도 모자라서 학원까지! 이곳의 사교육이란 역시 어마어마해서 모든 것을 먹어 치우는 것이다. 웬만한 입시학원들은 먹고살 길이 애매한 운동권들이 차린 것이 시작이었다던데. 도대체 이 많은 게임 어쩌고들은 누가 시작한 것일까? 설마 퇴사자들? 농사를 짓고 호프집을 연다던? 어쨌든 막 키코에 들어온 사람들의 어깨가 왜 그렇게 치솟아 있었는지 다시 한번 이해가 갔다. 노오력을 통해 고오난과 시이련을 이겨 내고 꿈을 이루(었다고 착각하)며, 미래로 전진하(는 중이라고 믿)는 행복감으로 가득한 사람들인 것이다. 그리고 그 순간 슬퍼졌다. 이 노오력의 사람들을 불과 2~3년 안에 기운 없는 최소 스펙 마니아로 만들어 퇴사시키는 이곳은 도대체 무엇일까.

자료를 대충 휙휙 넘기다 보니 시장분석까지 빵빵하게 해 넣은 사람도 있었다. 이런 게 사랑받는 풀스택일까? 자신의 콘텐츠 — 그래 봤자 경매장이나 스킨, 픽셀로 이루어진 전자옷팔이, 무기팔이류지만 — 를 밀어붙이며 그것을 넣으면 예상 수익이 얼마 얼마라고 자신 있게 말하는 것. 제가 수익금을 가져오겠습니다! 돈 벌어 오겠습니다! 많이 벌 수 있습니다! 외치는 아직 사회 초년생도 되지 못한 앳된 목소리. 선행학습에 미쳐 돌아가는 나의 조국은 회사 일까지 선행학습시키게 된 걸까. 나는 그쯤에서 자료를 눈앞에서 치워 버린 후 타이레놀을 한 알 삼켰고, 괜히 마우스휠을 드르륵대며 모니터에 띄워 놓은 포털 프런트를 위아래로 어지럽게 오갔으나, 거기에는 세상이 얼마나 험한지 보여 주는 기사만 가득했다.

*

뜨거운 커피를 한잔 마시며 몸을 각성시키고 나서야 그 자료들을 자세히 볼 수 있었다. 화려한 레이아웃 속에 숨어 있던 지나치게 창의적인 맞춤법과 온갖 비문, 절대로 내 취향이 아닌 아트 예시 자료 등 온갖 것이 거슬렸지만, 이 업계에서 그런 것이 무슨 상관이겠는가. 내가 '게임 조작이 다소 서툰 사람'이라고 써 놓으면 팀장이 '게임 재능이 부재한 플레이어'라고 바꿔 놓는 업계인 것을. 어쨌든 이들은 아직 없는 걸 가지고 시장분석도 해내는 능력 넘치는 사람들인 것이다. 나 같은 3D 멀미쟁이 따위가 비웃어서는 안 되는. 그렇게 오메가팀에서의 적응 기간 동안 나는 찌그러진 채 각종 팀 문서와 남의 포트폴리오를 종일 읽었다.

그 무렵 본 기가 막힌 포트폴리오가 많았지만, 가장 기억에 오래 남은 것은 무슨 교육원 출신 개발자의 미니 게임 기획서였다. '스왈로우 베이비.' 부제는 '리듬&푸시! 당신의 미소녀를 촉촉하게!' 내용을 읽기도 전에 불안한 단어 조합이었다.

1 개요와 설정

미소녀에게 '우유'와 '꿀물'을 푸시하는 캐주얼 모바일 수집형 리듬 게임

'우유'와 '꿀물'을 제때 먹여 침대 위 미소녀를 촉촉하게 일으키자!

#리듬게임 #수집형 #중독성 #미소녀 #스페셜H모드

2 게임 진행

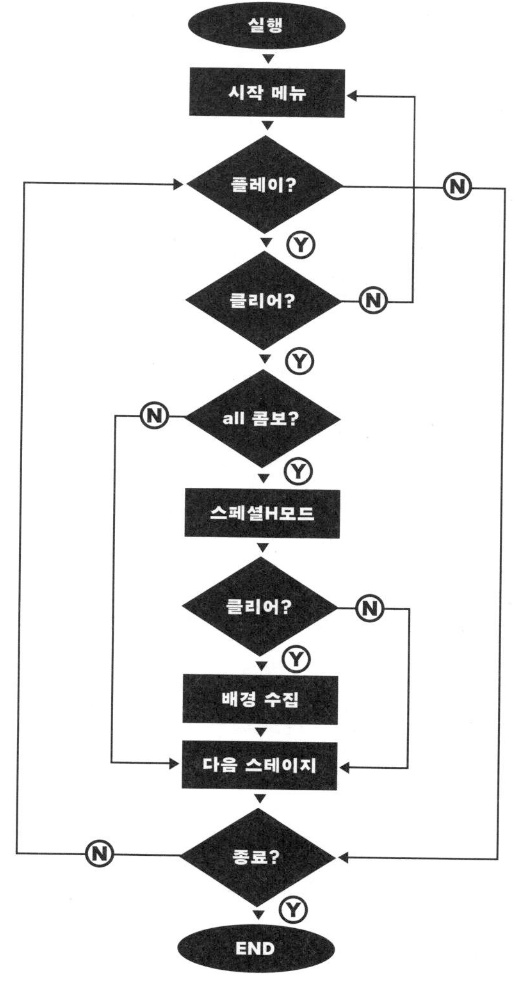

3 기본 플레이 화면

리듬 노트 생성 & 드롭 위치
(인게임에서는 미노출)
스테이지넘버
현재 점수
리듬 노트
리듬 노트
일반 노트 2종
우유병
꿀물병
콤보 얼럿
레이어+효과
처리
N
콤보!
리듬 노트
리듬 노트
특수 노트 2종
얼음주머니
악몽주머니
리듬 노트
플레이어 터치 + 판정 영역

＊ **카메라**

고정

＊**일반 노트**

우유병: 상단에서 랜덤 드롭

꿀물병: 상단에서 랜덤 드롭

＊ **특수 노트(디버프 요소)**

얼음 주머니: Normal 모드 이후 상단에서 랜덤 드롭

: Click 판정 시 n초 동안 카메라(화면) 흔들림

악몽 주머니: Normal 모드 이후 상단에서 랜덤 드롭

: Click 판정 시 n초 동안 BGM 빨리 감기 재생

4 기본 판정

	일반 노트 판정 종류				
판정명	PERFECT	GREAT	GOOD	NOT BAD	MISS
정확도	100~96%	95~90%	89~80%	79~70%	69~0%
점수	+550	+300	+150	+50	
콤보	두 개 이상 발생하면 콤보카운트 on+1			한 개 이상 발생하면 콤보 카운트 reset	
기타	스테이지 all 콤보 클리어 시 스페셜 H모드 해금				

	특수 노트 판정 종류	
판정명	CLICK	MISS
정확도	100~30%	29~0%
동작	해당 디버프 작동	해당 없음

하늘에서 떨어지는 우유병과 꿀물 병을 제때 터치해 침대 위 미소녀에게 먹이는 게임이라니. 어딘가 찝찝했다. 차라리 때리고 부수는 게임이 낫지 않나 싶었다. 스페셜 H모드가 뭔지 궁금했지만 포털 검색으로는 알아낼 수가 없었다. 우두둑 소리가 나는 어깨를 돌리며 시계를 보니 퇴근 시간이 애매하게 남아 있었다. 회사 메신저에 슬슬 부재중 아이콘이 늘어나고 있었다. 급격히 피로를 느낀 나는 뒤쪽에 부록으로 첨부된 아트 참고 자료로 대충 넘어갔다가, 말려 올라간 레이스 속옷 차림으로 누워 몸을 뒤트는 미소녀들이 잔뜩 나오는 것을 보고 당황해서 재빨리 파일을 닫았다. 미소녀들의 얼굴에서 넘실대는 홍조와 빗금이 나에게도 옮겨 온 것 같았다. 온몸이 쑤셨다. 딱히 일을 한 것도 아닌데.

그날 퇴근 후 평소처럼 동생과 텔레비전 앞에서 저녁을 먹으며 하루 일과에 대해 우울한 수다를 떨었다. 문제의 스페셜

H모드가 생각난 것은 그때였다.

아, 근데 스페셜 H모드가 뭔지 알아?

H라고?

응.

헨타이겠지 뭐.

타…… 뭐라고? 그게 뭔데?

언니! 헨타이를 몰라?

헨타…… 뭐라고?

와, 언니 진짜. 키코 다니는 거 맞아? 도서관 가서 시간 때우다 오는 거 아니야?

야.

헨타이. 헨-타-이. 일본어로 변태. 그래서 H야.

밥상을 물리고 동생이 평화롭게 예능을 보는 동안 나는 옆에서 휴대폰을 들고 H의 세계를 본격적으로 헤맸다. 성인 인증 너머의 H세상은 생각보다 넓고, 예상보다 어두우며, 상상 이상으로 더러웠다. 먼지처럼 많은 변태 게임들과 변태들. 내가 호들갑을 떨며 *야야, 이거 봐, 이거 봐* 하며 액정을 들이밀 때마다 동생은 그 정도는 아무것도 아니니까 오버하지 말라며 내 팔을 밀어냈다.

아. 나 머리 아파.

그러니까 작작 찾아, TV나 봐.

근데…… 이게 어쨌든, 아무리 야해 봤자 픽셀이잖아.

당연하지.

근데 이걸 보고 흥분을 한단 말이야? 모니터 앞에서 막…….

아우, 언니. 뭘 그렇게 복잡하게 그래. 헨타이가 헨타이지.

그날은 꿈도 이상했다. 변태가 나왔다. 고등학교 때와 똑같은 상황이었다. 배경은 모교의 황량한 모래 운동장. 저 멀리에서 바바리 맨이 걸어왔다. 어렴풋한 자각몽 상태에서 나는 그의 더 타이니 리틀 띵이 있을 법한 자리를 무신경하게 바라보았다. 바바리 맨은 자신의 똥색 바바리를 힘차게 열어젖혔다. 그런데 놀랍게도 그의 하체는 픽셀로 이루어져 있었다. 블렌더*로 모델링을 하다 만 회색 덩어리가 앵커를 단 채 조그맣게 흔들흔들했다.

다음 날, 오랜만에 담배를 피우러 옥상에 갔다가 새 팀장과 마주쳤다. 뭐라도 스몰토크를 해야 한다는 압박감에 헛소리를 아무거나 하다가, 나는 급기야 미소녀 리듬 게임 이야기를 꺼내 버렸다.

팀장님, 그런데…… 그거는 좀…… 그렇지 않아요?

---

*블렌더 재단이 개발한 3D 그래픽 제작 툴.

팀장은 예상 외로 정색을 했다.

뭐가요?

뾰족한 신경질이 느껴졌다. 차가운 반응에 당황한 나는 정말 아무 말이나 하기 시작했다.

아니…… 음…… 아트 예시도 좀 보기 그렇고요. 기획자가 누군지는 몰라도요. 그 H모드라는 것도 좀 퀄리티 떨어지는 느낌이고요…….

횡설수설하는 내 앞에서 팀장은 인상을 쓰고 안경을 벗어 꼼꼼하게 닦아 쓰면서 말했다.

유라 님? 지엽적인 거에 갇히면 안 되죠. 시스템을 보라고 준 건데요. 그리고 그 정도 포폴…… 어디서 볼 수 없을 텐데요.

팀장은 티끌 하나 없는 두꺼운 렌즈 너머로 나를 잠깐 보더니 회의가 있다며 빠르게 내려가 버렸다. 나는 뭔가 망했다는 느낌에 휩싸여 담배를 마저 피웠다. 옥상에서 늘 보이는 판교 현대백화점의 거대한 HYUNDAI 간판이 순간 현다이…… 헨타이로 보여 눈을 몇 번이나 끔뻑이면서.

자리로 돌아온 나는 문제의 기획서를 끝까지 읽어 보았다. 하지만, 읽을수록 불쾌했다. 그 게임은 어떻게 보아도 야게임이 맞았다. 심지어 H모드를 오픈하면 꿀물과 우유 대신 수상한 약이 등장했다. 시스템이 어떻든, 레벨 디자인이 얼마나 잘됐든 결국 헨타이 게임이었다.

싸구려 자판기의 400원짜리 냉커피처럼 툭 떨어졌던 팀장의 말.

뭐가요? 시스템을 보라고 준 건데요.

팀장의 말투가 자꾸 생각났다. 스쳐 지나가는, 잊어버려도 되는 대화가 아닌 것 같았다. 그때 미운털의 미세한 포자가 팔랑팔랑 날아와 팀장의 안경에 분명히 자리 잡았던 것이다. 나중에야 알게 된 사실이지만, 그 기획서의 작성자는 팀장이 처음 키운 주니어 직원이었다. 지금은 키코에서 멀지 않은 인기 게임 회사에서 일하고 있으며, 팀장과 호형호제 할 정도로 오랜 인연인 데다 학연과 지연으로도 얽힌 사람.

*

이후, 미움의 작은 포자 위에 사건의 빗방울이 하나씩 둘씩 내리기 시작했다.

첫 번째 문제는 핫키 팀의 인터뷰 요청 건 때문에 발생했다. 그들이 나를 데리고 인터뷰를 해 키코 피플 페이지에 올리겠다고 나선 거였다. 지저스. 그건 안 될 일이었다. 나는 주목받는 것을 싫어하고 어딘가에 흔적을 남기는 것을 싫어하는 인간이다. SNS를 안 하고 댓글도 안 달고 커뮤니티도 안 한다. 셀카도 안 찍는다. 인터넷에 박제된 것이 자손만대(나는 낳을 생각이 없지만 동생이 혹시 낳을 수도 있으므로)로 이어질 것이 너무 싫다. 어찌어찌 난리를 쳐 내 흔적을 우주에 내다 버린다고 해도 일론 머스크 같은 미친 사람이 나타나 화성까지 쫓아가 주워 올 것 같아서 싫었다. 정말 싫었다. 나는 핫키 쪽과 입씨름을 해야 했다.

아니, 제가 무슨 인터뷰예요!

유라 님 직군 옮긴 것도 그렇고, 뭐 또 유명 공연장 매니저였다면서요. 그때, 응? 공연장 이야기도 좀 하고.

저 매니저 아니었어요.

응? 공연장에서 일한 거 아니에요?

일한 건 맞는데, 매니저 아니었고 그냥 알바, 부매니저였어요.

에이, 매니저나 부매니저나. 그리고 불문과 나왔다면서요.

매니저랑 달라요!

인문학 전공이니까, 그게 업무에 다 어떻게 도움되는지 뭐 그런 이야기를 좀…….

아니, 안 한다니까요. 안 합니다. 인터뷰.

맙소사. 핫키에서는 나에게 이색 이력의 키코인! 같은 것을 발랄한 척 외치며, 다양성 담당 1이 되어 다양성 1로서의 미소를 지으라는 것이었다. 뷰 좋은 회의실이나 사내 카페 구석에서 랩탑을 들여다보는 모습, 볼펜 들고 생각에 잠긴 모습,

한쪽 팔로 턱을 괸 모습 따위의 포즈를 취하라고 요구할 것이다. 오, 생각만 해도 오글거려 참을 수 없었다. 다양성 1답게 갑자기 예술적 활력과 인문학적 감수성 어쩌고를 발휘해 주기를 바란 모양인데, 왜 이럴때만 다 죽어 가는 인문학에 연지곤지 찍고 싸구려 털부채 들려 급조한 예-술 기-술 통합 콜라보 어쩌고 무대로 내보내려 드는 건지 아주 환장할 노릇이었다. 나는 인터뷰를 할 생각이 추호도 없었다. 그런데 문제는 팀장이 내가 알기도 전에 나서서 오케이 사인을 보내 두었다는 것이었다.

키코 피플 인터뷰를 한다는 것은 사내에서 부러움을 사는 일이기는 했다. 그걸 한 사람은 사내에서 셀럽 대우를 받았다. 핫키는 인터뷰이에게 나쁘지 않은 인터뷰비와 키코 단종 희귀 굿즈를 빵빵하게 지급했다. 사람들은 그걸 중고 마켓에 프리미엄 붙여 팔아 용돈벌이를 했다. 구매자들이 키워드 알림 걸어 놓고 목 빠지게 기다리는 굿즈들이라고 들었다. 그뿐만 아니라 핫키 놈들은 나름 촬영과 후보정에 대단히 신경을 써 인터뷰이의 '인생 샷'을 만들어 주기까지 했다. '매끈하고 다듬어진 표정과 여유로운 포즈의 포토제닉한 직원'들이 모인 키코게임즈, 이것 자체가 대표의 힙스터 놀이에 도움이 되기 때문이 아니었나 추측한다. 하지만 나는 뭐가 됐든 싫었다. 평소 키코 인터뷰 페이지를 보면서 웃기지도 않다고 생각하던 차였다. 거기 올라와 있는 놈들은 굉장히 튀고 싶어 하는 놈들이었고, 심지어 대부분 진작에 퇴사한 놈들이었다. 그걸 콘텐츠라고 부르면서 스스로 팔아먹는 놈들도 적지 않았다. 콘텐츠 아주 얼어 죽었다. 콘텐츠 다 쪄 죽었다. 심한 놈들은 퇴사 후에도 키코 썰! 인터뷰 썰! 키코 뒷이야기 썰! 이딴 제목을 붙여 몇천, 몇만 조회수 장사를 하기도 했다. 나는 그런 데 협조하고 싶지 않았다.

내가 너무 완강하게 거부 의사를 밝히자 중간에 낀 팀장은 매우 난처해했다. 팀장은 엄청난 예스맨이었기 때문이다. 팀장은 입사 이래 위에서 내려온 것을 거절해 본 적이 한 번도 없다고 했다. 그는 사내 모든 팀장들이 암묵적으로 오버해서 쓰는 팀 활동비를 풍성하게 남기는 유일한 인물이었다. 심지어 팀장 주도 아래 팀 회식 중에 먹던 것을 끊고 나와 계산대에 단체로 늘어선 채 SNS 공유 이벤트에 좁쌀영감처럼 참여한 적도 있다. 그 와중에 계정 자체가 없어 홀로 회원가입 버튼을 찾아 헤매던 게 나였다.

그 정도로 늘 알아서 기면서 살던 팀장은, 감히 전진하는 핫키의 기획을 방해하는 M직군 주니어 나부랭이를 참을 수 없었을 것이다. 그는 나를 유치원 가기 싫다며 등원 버스 앞에 드러누운 철없는 노란 옷 베이비 취급하며 압박했다. 하지만 나는 나름대로 절박했기에 며칠을 버텼다. 다행히 내 소문을 들은 관종 동기 하나가 타이밍 맞게 튀어나와 인터뷰 자원을 하면서 일이 그럭저럭 마무리되었지만, 팀장은 불과 며칠 사이에 열과 상처를 충분히 받은 것 같았다. 아, 바람만 불어도 흠집과 심술이 함께 돋던 팀장이여.

*

그러니까, 다시 아침. 영원히 아침.

늦잠과 버스 연착과 망할 날씨의 트리플 콤보가 쏟아지는 날.

나는 루프 소재 드라마를 보는 사람들을 이해할 수 없다. 여러분의 일상이 루프물 아니던가요. 왜 CCTV를 밤새워 보고 그러십니까. 하지만 세상은 넓고 취향은 말도 안 되게 다양하니까.

그저 그런 날들이 눈앞에 줄줄이 늘어섰다가 내 몸을 통과하고 있었다. 근근이 먹고 근근이 자고 근근이 일하고 근근이 살았다. 겨우겨우, 마치 내 캐릭터의 속도처럼. 안단티노와 안단테의 시체를 넘고 넘어…… 라르고…… 그라베…… 무덤처럼 느린.

매일 아침 버스는 7조의 위대한 인간들을 싣고 만둣집 근처를 회전하며 판교 땅을 힘차게 가로지른다…… 만두의 신…… 만두 할머니는 투명한 만두의 방에 새벽처럼 임하시고 아침처럼 임하시어 세상 모든 만두를 관장하신다…… 그것은 미지의 만두피에 세상 온갖 수상한 재료와 세상 인간들의 끝없는 욕심을 꾸역꾸역 쓸어 담는 것이다…… 버스가 정차하면 7조의 위대한 인간들은 1초 만에 모두 하차를 칼같이 마쳐야 한다…… 발에 깁스 같은 것을 싸맨 자도 예외는 없다…… 야생의 경기 버스는 시간을 달려야 하기 때문이다…… 인간들은 주머니에서 개 목걸이, 사원증을 꺼내 들고 각자의 건물로 샤샤샥 스미는데…… 아무래도 너무 흔한, 바퀴벌레의 비유는 참기로 한다…… 개중 샤이한 힙에 더욱 목숨 거는 회사들은 직원들에게 팔찌를 지급하기도 한다…… 손목을 팍팍 털어 소매 안으로 파고든 것을 끌어 내리는 그들도 역시 그들의 건물로 샤샤샥…… 나도 머리에 웅웅웅 벌집을 얹은 키코 빌딩 엘리베이터로 뛰어든다…… 어떻게든 끼어 타고 대표와 단둘이 타지 않은 것에 감사하며…… 동시에, 올망졸망 뭉쳐 있는 인간들의 정수리에 아련함과 혐오감을 함께 느끼며 7층에 올라와 서둘러 데스크톱을 켜고 인트라넷의 출근 버튼을 누른다…… 아침에 나오는 시각은 매일 다른데도 왜 언제나 몇 초 차이로 조마조마하게 지각 위기에 처하게 되는 건지 알 수 없는 노릇이다…… 내가 지각하기를 호시탐탐 기다리는 팀장은, 나의 정시 출근 성공을 매일 지켜보면서 더 열이 받을 것이나…… 어쨌든 그러든 말든 인트라넷과 메일과 메신저를 차례로 확인한다…… 공지 게시판에 제발 보안 좀 지키라며 으르렁거리는 글이 하루가 멀다 하고 올라온다…… 늘 비슷한 내용이라 언젠가부터 읽어 보지도 않고 스크롤을 내려 버린다…… 왜 키코 인간들은 그렇게 커뮤니티며 SNS에 게임 정보를 흘리지 못해서 안달인 것인지 그 심리를 이해할 수 없다…… 또한 왜 그런 조각난 소문 따위가 게이머들에게 그렇게 중요한 정보가 되는 것인지 이해할 수가 없다…… 그 와중에 누군가는 결혼을 하고 누군가는 출산을 하고 누군가가 수습을 마쳤다는 소식이 New를 달고 구석에서 번쩍인다…… 나는 박수 이모티콘을 기계적으로 클릭한다…… 그러고 나면…… 디렉터와 핫키 쪽 의견이 뒤범벅된 지시 사항이 팀의 천장에서 우르르 쏟아진다. 다들 모여들어 그것의 조사와 문장부호에까지 의문을 갖고 해석하며 공략을 찾기 위해 난리 굿을 한다…… 현실 레이드랄까…… 21세기 키코 빌딩의 우리들은 나름 똑똑해진 것이다…… 같은 UI 속에서 같은 폰트와 같은 이모티콘으로 구성된 소통 체계를 운용한 탓에…… 이제는 띄어쓰기와 쉼표 사이에서도 뭔가 감지해 버리는 경지에 이른…… 그러면서 같은 맞춤법을 다 같이 돌아가며 틀리는 헛된 똑똑함…… 나는 그러든 말든 모든 것을 그저 받아들인다…… 지하 카페에서 주는 아침 간식은 되도록 패스한다…… 그래도 PMS 때는 호르몬의 부르심을 따라 달콤한 것을 찾아 야수처럼 내려간다…… 그러면 없는 사회성을 끌어내어 인간들과 이야기를 해야 한다…… 누군가 주말에 다녀온 홍콩이나 일본 여행 이야기를 듣는다…… 물론 전혀 궁금하지 않으며 그 정도 이야기는 이미 대형 포털 블로그에 500건 정도 올라와 있다는 것을 안다…… 심지어 똑같은 동선으로 말이다…… 역시 유행과 촌스러움은 늘 2인 3각으로 걸어다니는 법이다…… 맛집 정보와 수상한 레시피도 주요 화젯거리다…… 그런 것을 들어 주며 호응할 재능이 없지만…… 방금 삼킨 달콤한 것의 칼로리에 기대어 어떻게든 해낸다…… 바이럴 업체가 인터넷 커뮤니티에 흘려 넣고…… 그걸 아낌없이 흡수한…… 인터넷 커뮤니티 중독자이자 나의 하나뿐인 동생이…… 역시 그의 하나뿐인 언니, 나에게…… 다시 아낌없이 흘려 넣어 준…… 온갖 트렌드 썰들은 이럴 때 그럭저럭 유용하다…… 게임 이야기가 나올 때에도 동생과의 수다가 나의 소중한 치트 키가 된다…… 하지만 블라인드 앱에 올라온 글이 화제에 오를 즈음이면 적당히 뒤로 빠진다…… 남 일에 뭐 그리 관심들이 많은지 너무 귀찮고 피곤하다…… 점심은 되도록 깨작깨작 먹는다…… 나와 함께 먹는 사람들의 밥맛이 달아나는 소리를 들으면서…… 먹으면

졸리다…… 만약 졸리지 않으면 체했다는 뜻이다…… 그 와중에 커피는 끊을 수 없으므로 샷을 양껏 추가해서 사약처럼 마신다…… 그 검은 포션의 힘으로 오후도 비슷하게 넘기려고 노력한다…… 회의에라도 끌려 들어가면 되도록 말을 하지 않는다…… *좋군요…… 좋습니다…… 아주…… 좋습니다……*.

*

물론 나 외에도 키코 스타일의 게임을 모르며, 못 하고, 안 한다는 이미지를 가진 직원들도 있기는 있었다. 그럴 때 어떻게 하면 좋았을까? 그들과 힘을 합쳐 아무도 요구하지 않고, 요구는커녕 상상조차 하지 않는 연대 속 '함께하는 성장 서사'를 정말이지 함께 뚝딱(그 당시 사내 인기 최고 인기 부사였던) 써 나갈 수 있었을까? 히메컷을 하고, 손가락까지 푹 덮을 정도로 긴소매 옷을 일부러 헐렁하게 입고 데헷-☆ 같은 것을 육성으로 발화하는 자들. 그 사람들과 내가, 감각을 공유하는 친구가 될 수 있었을까?

그들은 귀엽고, 어리다. 나는 크고, 어리지 않은 인간이다. 그리고 귀여움은 오직 냥님들과 개님들의 것일 뿐 감히 인간이 탐할 수 있는 덕목이 아니라고 생각하는 인간이다. 무엇보다도 만약 누군가 올해의 냉소 왕 대회 같은 것을 개최한다면, 나는 챔피언스 리그까지 쾌속으로 진출할 자신이 있는 인간이다. 따라서 금세 깨달았다. 그 귀여운 사람들은 감히 내가 비빌 수 없는 위대한 사람들이라는 것을.

사실 처음에는, 그 히메컷 무리가 나 같은 사람들일 거라고 착각했다. 정말로 게임을 모르고, 정말로 못 하는 사람들. 하지만 아니었다. 그 사람들은 게임을 진짜 모르는 게 아니라, 모른다고 말할 수 있는 사람들, 진짜 못 하는 게 아니라, 못 한다고 말할 수 있는 사람들이었다. 그들이 자신의 못 함과 모름에 당당할 수 있는 까닭은, 게임을 너무나 잘 알기 때문이었다. 저는 키코 스타일 게임 많이 안 해 봤어요. 데헷-☆ 하고 겸손한 척 웃지만, 그들과 이야기를 할수록 그들은 사실 키코 게임과 껍데기만 다를 뿐 시스템은 정확히 같은 게임에 청소년기 이후를 통째로 바쳐 본 사람들이라는 것을 알 수 있었다.

나처럼 정말 바보처럼 몰라서 사람 답답하게 하는 모름이 아니라. 센스와 유머의 암묵적이고 투명한 선을 따라 일부러 서툰 척, 핑크색 크레용으로 울퉁불퉁 그리는 무지의 둥근 선. 그게 안전한 귀여움과 데헷-☆의 무지개색 국경이 되었다. 평소에는 그 레인보우 공화국 같은 데서 명랑하게 뛰놀다가도 급할 때면 슈퍼 마리오식 토관을 타고 키코의 검은 공화국에 뿅—튀어올라 히메컷을 휘날리는 능력. 섬세하게 본(bone)을 심은 더듬이 앞머리를 흔들면서 적재적소에서 타깃을 향해 정확하게 웃고 정확하게 눈을 깜빡이며 무엇에서든 시작하자마자 수십 콤보쯤은 찍을 줄 아는 그 능력. 그런 능력자들은 나 따위가 게임에서 5000번 환생을 해도 따라갈 수 없다는 것을, 물론 그 전에 그런 능력자들이 나 따위를 끼워줄 생각이 애초에 없다는 것을, 비꼬기의 왕이자 게임 세계의 위험한 바보, 레인보우 공화국의 불법입국자이자 키코 공화국의 여권 만료자인 나는 금세 알게 되었다. 키코 게임 앞에서 진정한 멍청이는 나 하나였다.

*

오메가 팀 근무 극초반에는, 그런 멍청함에도 일 앞에서 나의 얄팍한 자아를 버리지 못해 헤맸다.

감히 '창의적' 아이디어 같은 것을 어떻게든 내놓아 보려고 노력했던 것이다. 하지만 그런 것은 팀장의 코털—수사적으로도, 물리적으로도 길게 삐져나온—을 건드릴 수밖에 없었다.

유라 님? 이런 건 빼도록 하죠. 알잖아요. 유저들은 직관적인 것을 좋아합니다. 직관이란 무엇이냐?

블라블라블라. 팀장의 직관 강의가 틈만 나면 이어졌다. 그놈의 직관. 우리 친애하는 성격 파탄자 스티브 잡스 아저씨가 살면서 크게 잘못한 게 두 가지 있다면, 직관이라는 단어를 유행시킨 것과 성격 파탄에 면죄부 크림을 살살 올린 특별한 이미지를 코팅해 놓은 것이다. 퍼킹, 직관. 인지능력을 조금도 쓰기 싫은 게으른 놈들의 만능 방패.

그리하여 그놈의 직관이 불편해하지 않는, 이미 학습이 끝난 행동들. '이동한다, 모은다, 만든다, 싸운다, 공격한다, 죽는다, 이긴다의 순열과 조합에 흩뿌리는 과금과 가챠'로 게임을 만들게 되는 것인데, 나는 여기에 싸운다와 이긴다가 왜 꼭 들어가야 하는 것인지 너무 궁금했다. 도대체 왜? 왜 그러는 것일까? 가만히 누워 있어도 빡센 것이 현실인데 왜 그렇게 못 싸워서 발광인 것인가? 태어나서 사는 것 자체가 골치 아픈 형벌인데 왜 게임에서까지 좀비와, 적군과, 악마와, 만인과 만인이 싸워야 하는가? 왜 굳이 게임에서까지 포스트 아포칼립스를 헤매고 우주를 헤매고 전쟁을 치르는가? 게다가 왜 꼭 이겨야 하지? 지면...... 죽는다...... YOU DIED. 그걸 왜 아무도 유치하다고 생각하지 않는가? 싸움과 경쟁을 빼면 키코 게임에 남는 것이 없었다.

난리를 쳐서 인터뷰를 거절한 이후 대놓고 삐쳐 버린 팀장과 점점 더 애매한 관계가 되어 가던 어느 날, 더욱 이상한 취급을 받게 될 각오를 하고 팀장에게 왜 모든 게임의 디폴트가 전투인가요 질문을 한 적이 있었다. 팀장은 인간의 기본 심리에 대한 본인만의 말도 안 되는 개똥철학을 말보로 레드의 쩐내와 함께 전파하다가, 점점 구겨지는 내 표정을 보고 이야기를 한 단어로 정리했다.

그러니까 결국에…… 그냥, 뭐…… 우월감이죠, 우월감. 유저들이 우월감 느끼라고 넣는 거야, 전투는.

나는 더없이 '직관'적으로 그 이야기를 이해했다. 이건 인지 능력의 문제가 아니었다. 유구한 전쟁놀이 그 자체. 평화라는 진화에 역행하는, 멍청한 선택.

내가 키코 게임에 가진 불만은 싸움을 붙이고 그 순위를 매기는 데만 있는 것이 아니었다. 가치관의 문제에 이어 미감면에서 심각한 문제가 있었달까. 키코 게임의 더빙 대사는 죄다 중학교 시절 만화부 친구들이 자기들끼리 한 손 들며 인사하던 그 *여어* — 의 재현 같았다. 그리고 더 참을 수 없었던 것은, 모든 캐릭터가 말이나 행동을 하기 전에 내뱉는 정체 불명의 감탄사였다. 마치 IPA 차트에 등장하는 모든 모음을 쥐어짜 한 덩어리로 만든 것 같았고 아무리 들어 봐도 그 용도를 알 수 없었다. 친교의 표현일까? 공격력 강화용일까? 산책 중인 동네 개님들의 언어보다도 어려운 그 *으흠, 으읏,*

아앙, 이이……. 오그라듦에 고통받는 나를 보며 동생은, 그런 건 원래 오그라드는 맛에 하는 게임이라고 설명해 줬지만.

그래픽도 내 마음에 안 들기는 마찬가지였다. 그것 역시 중학교 시절 *여어* — 하던 만화부 친구들의 백팩에 주렁주렁 매달려 있던 코팅 그림과 다를 바가 없어 보였다. *누구인가. 대체 누구시오. 대체 누가 이것을 시작했단 말이오?* 그 와중에 왜 헐벗은 갑옷일수록 방어력이 강한 것인지 이해할 수 없었다. 그리고 가슴이 클수록 뛰기도, 싸우기도 불편하다는 것을 왜 모르는 체하는 것인지.

고개를 들어 주변을 둘러보면, 거의 모든 직원의 가슴이 나보다 커 보였다. 그들의 취향과 속사정은 모를 일이지만, 아마 살면서 브래지어를 한 번도 안 해 봤을 사람이 훨씬 많았다. 어쨌든 다들 웬만큼 실생활을 통해 알고 있을 것 같았다. 저 거대한 지방 덩어리를 하찮은 천 쪼가리로 덜렁 반만 가린 채 싸워야 하는 캐릭터의 고충을. 그런데도 왜 그렇게 캐릭터 가슴 튜닝과 출렁임 애니 출력에 집착하는 걸까? 바스트 모핑 운운하면서. 우주선이 쏟아지는 자칭 미래 지향 게임을 만들면서도 거대 물풍선 같은 가슴은 포기하지 못하는 것이다. 빌렌도르프의 구석기 인간들보다 미감이 떨어지는 놈들이었다.

하나의 유령이 게임계를 오래오래 떠돌고 있다. 풍유환이라는 유령이…….

*

「프린세스 메이커2」는 내가 어린 시절에 거의 유일하게 했던 PC 게임이다. 열 살짜리 여자아이를 열여덟 살이 될 때까지 키우고, 그때 아이가 갖게 되는 직업이 곧 엔딩이 되는 게임.

한국으로 돌아온 후, 그 이상한 친척집에 얹혀살다 두어 번 이사를 거쳐 우리 식구가 그럭저럭 정착한 집은 5층 벽돌 건물 꼭대기에 있었다. 지금 생각하면 주거가 불법이 아니었나 싶은 희한한 건물이었다. 엘리베이터는 없었고, 독특한 계단에 지칠 때쯤 나오는 철문이 상당히 기이했으며 그걸 열었을 때 보이는 집 안 풍경 또한 기이했다. 이것저것 시도하던 아빠가 정체 모를 사무실에서 가져온 물건들 때문이었다. 망한 사무실에 차린 살림집 같기도 하고, 망한 살림집에 차린 사무실 같기도 한 분위기였는데, 여기에서 방점은 물론 '망한'에 찍힌다. 망한 사무실 물건으로 구성한 망한 살림집이 더 정확한 표현일 테다.

집 안을 도깨비굴로 만들던 아빠의 컬렉션 중에 가장 확실했던 것은, 쨍한 녹색의 부직포와 남한 지도를 맞춤 유리 아래 깔아 둔, 누가 봐도 복덕방 냄새를 물씬 풍기는 낡은 회색 원탁이었다. 몸판 한 장과 다리 하나로 이루어진 단순한 물건이었는데, 도대체 왜인지 몰라도 연결 부위 어디에선가 잊을 만하면 불길한 녹이 줄줄 흘렀다. 우리 집 구석에 외다리로 굳건히 서서 틈틈이 벌겋게 울어 대던 녀석이었다.

그 위에 배불뚝이 모니터와 컴퓨터 본체가 얹혀 있었다. 플로피디스크 드라이브가 두 개나 달려 있고, 동작하면서 끊임없이 꾸르르르 꾸꾸 하는 희한한 소리를 내던 오래된 물건이었다. 그 소리는 기계보다는 생물이 낼 법한 소리에 가까웠다. 혹시 이 컴퓨터가 인간 몰래 생로병사를 겪는 것이 아닐까 싶을 만큼 기이한 소리였달까. 동생과 나는 그 기묘한 기계 앞에 앉아 은근히 많은 시간을 보냈는데, 거기에 「한메 타자 교사」와 「프린세스 메이커2」가 설치되어 있었기 때문이다. 도대체 사무실 출신 컴퓨터에 그 게임이 왜 들어 있는지는 알 수 없었으나, 하여간 산성비를 피 맞게 생긴 아름다운 물의 도시 베네치아의 타자 선생님을 쉽게 제치고, 「프린세스 메이커2」는 나와 동생의 마음을 금세 사로잡았다. 그 아릿한 BGM과 보석 장신구 모양의 독특한 마우스 커서, 갈색 톤의 배경, 주인공의 구불구불한 머리와 큰 눈은 지금도 잊을 수 없다. 그런 순간을 떠올리면 키코의 사람들이 자신의 아련한 추억에 발전된 기술을 입히며 평생 자기가 좋아하는 세계 곁에서 살아가는 것이 한 번씩 부럽기도 했다.

동생과 나는 납작하게 펼쳐 놓은 남한 땅 위에서…… 그 갈색 머리 여자애를 '프린세스'로 만드는 일본 게임을 했다. 우리는 그 게임을 통해 위세, 업보, 집사, 강림, 화술 따위의 단어를 처음 배웠다. 물론 그것만 배운 건 아니지만…… 어쨌든 우리는 꽤 열심히 플레이했다. 하지만 단 한 번도 주인공을 프린세스로 만들지는 못했다. 대신 근위대장이나 화가, 작가 따위의 그렇고 그런 엔딩을 보고는 했다. 우리는 돈이 부족해서 위대한 엔딩을 보지 못한 거라고 추측했다. 골드, 그놈의 돈만 많으면 이것저것 다 가르쳐 쉽게 공주를 만들 수 있을 거라고 믿었던 것이다. 동생과 내가 선행학습 열풍이 그치지 않는 조국의 지도를 배경으로…… 없는 돈에 교육비를 어떻게 써야 할지 머리를 맞대고 의논하고 있으면, 엄마가 게임 그만하라고 화를 버럭 내고는 했다. 당시 엄마의 현실 고민을 정확히 건드렸기 때문일 것이다. 그렇게 엄마의 사자후가 터져 나오면, 방으로 쫓겨 가서 연필 끝을 몰래 씹으며 최대한 미루어 두었던 재능교육 학습지를 억지로 풀고는 했다. 정신을 모니터 앞에 남겨 둔 채로.

우리 자매는 또래인 주인공과 아기자기한 그래픽에 끌려 「프린세스 메이커2」가 우리를 위한 게임일 거라고 막연히 생각했던 것 같다. 우리는 BGM도 좋아했는데, 그중에서도 특히 겨울 시즌 배경음을 좋아했다. 따뜻한 낙원에서 쫓겨나 차가운 분단 조국에 적응 중이던 복잡한 슬픔의 어린이들로서, 그 미끄러지는 아릿한 반음에 마음을 살짝 기댔달까. 하지만 어른이 된 지금은 가이낙스사에서 개발한 그 게임의 타깃이 절대 어린 여자아이들이 아니었다는 것을 너무나 잘 안다. 징그럽게 잘 안다, 너무 많은 것을 알게 된 슬픔 속에서.

그 게임에서 플레이어는, 마왕을 물리치고 왕국 전체를 구할 정도의 큰 능력을 가진 용사이자 천계의 아이를 맡아 키우는 믿음직한 '아버지'로 설정되어 있다. 그렇다면 「프린세스 메이커2」의 플레이어들은 왕국의 영웅다운 태도와 기품을 갖추고, 진짜 아버지다운 사랑의 마음으로 주인공 소녀를 키웠을까? 물론 아니었을 것이다. 그 게임 안에는 분명히, 주인공을 성적으로 괴롭히는 요소가 군데군데 숨어 있었다, 가이낙스에서 치밀하게 설계한. 그리고 그것을 얼마나 잘 운용하며 그 장면들을 제때 즐기고 수집하느냐가 그 게임 플레이의 잔재미이자 엔딩을 위한 지름길로 여겨졌다. 그걸 너무 늦게 알았다.

동생과 나는 주인공인 갈색 머리 여자애가 우리의 딸이라기보다는 우리의 친구에 가깝다고 생각했던 것 같다. 우리의 픽셀 친구는 우리 대신 요정과 정령 따위가 출몰하는 미지의 세계를 돌아다녔다. 그리고 미용실, 농장, 레스토랑 등에서 씩씩하게 아르바이트를 하며 생활비를 벌었다. 검술과 마법, 미술, 시문학 등을 배우고 마을 구경을 하며 맛있는 것을 먹기도 했다. 하지만 우리가 게임 캐릭터에게 우리 스스로를 투영하는 것은 쉽지 않았는데, 그 친구의 장래 희망이 프린세스였기 때문이다. 장래 희망이 공주라고 말하는 10대 소녀를 본 적이 있는가? 세상에 그런 10대 소녀는 없다. 찐따 취급받기 딱인 장래 희망이다. 어쨌든 그래도 거기까지는, 그러니까 그 픽셀 친구가 발랄하게 집과 마을을 오가는 지점까지는 홀린 채 문제없이 게임할 수 있었다.

그런데 게임의 시간은 늘 현실보다 빠르게 흐르는 법이라서, 플레이를 잠깐만 해도 우리의 픽셀 친구는 우리보다 큰 언니가 되어 버렸다. 어느 순간을 지나면 어린 우리가 보기에도 *이거…… 뭔가…… 이상한데…… 이러면…… 안 되는데……* 싶은 무엇이 자꾸 나타났다. 어린이의 윤리와 감각에도 빨간불이 들어올 만한 일들이었다. 그게 무엇인지 설명은 불가능하지만, 어쨌든 엄마한테 말하면 일이 커질지도 모른다는 촉이 오는 그런 일들.

비밀 주점이나 밤의 전당 따위에서 아르바이트를 한다든가, 온몸이 다 드러나는 갑옷이나 드레스를 입는 일들이 그랬다. 놀랍게도 게임 속에서 그런 일들은 높은 매력도 상승과 큰돈을 약속했다. 길거리에서 추파를 받는다든가 수상한 아르바이트를 제안받는다든가 하는 일도 발생했다. 조심해야 할 것은 사람만이 아니었다. 사막에서 만난 늙다리 용이 징그럽게 핥아 대며 용돈을 주기도 했으니까.

매력이란 것은 도대체 뭘까. 그게 원어판에서는 색기였다고 훗날 들었다. 10대 소녀 캐릭터를 만들어 놓고 다들 참 가지가지 했구나 싶으며, 미소녀 리듬 게임 같은 걸 구상한 놈은 아마 이 「프린세스 메이커2」의 코스튬 데이터를 지워 소녀를 알몸으로 만들어 봤을 거라는 데 나의 최애 간식 맥도날드 프렌치프라이를 걸 수 있다. 본래 매력은 단어 그대로 도깨비의 것. 사람 따위가 노력해서 얻을 수 있는 덕목이 아니다. 10대 소녀에게 따질 것이 아님은 물론이다. 하지만 그 게임에서의 매력이란 고작 술집에서 일하면, 야한 옷을 입으면, 심지어 수배범에게 강간을 당하면 오르는 추잡한 숫자일 뿐이었다. 그리고 그 잡스러운 숫자는 결혼 엔딩에 이용되었다.

*

그리고 그 모든 것 위에, 문제의 퍼킹 풍유환이 있었다.

수상한 떠돌이 상인이 들고 오는, 역시 수상한 그 약은 픽셀 친구의 가슴을 크게 만들어 주는 약이었다. 비싸기도 어지간히 비쌌지만, 호기심에 사서 먹이는 순간, 즉시 우리 픽셀 친구의 가슴이 2센티미터 커졌다는 알람이 떴다. 지저스! 용과 악마와 요정과 말하는 고양이가 뛰어다니는 왕국 설정을 순식간에 갖다 버리고, 현실의 미터법을 입고 튀어나오는 2센티미터라니. 미터법의 설계자, 프랑스과학아카데미 회원들도 이런 현실의 2센티미터는 전혀 예상하지 못했을 것이다. 미터법을 위해 죽음을 각오하고 지구 자오선 측량에 나섰던 18세기의 측량대원 여러분. 지하에서 혹시 이 소식을 들으셨나요? *이보세요, 당신의 피땀 묻은 센티미터가 딸내미 키운다는 게임에서 망할 놈의 가슴 재는 데에 쓰이고 있습디다.*

십진법의 유용함을 천천히 깨달으며 평균과 소수에 대한 개념을 재능교육 학습지의 지겨운 반복 연산과 함께 쌓아 나가는 초등학생이었던 나는 필통에서 15센티미터 자를 꺼내 2센티미터가 도대체 어느 정도 되는 크기인지 확인했다. 그리고 주로 엄마한테 맞을 때 쓰이던(그래서 구석에 숨겨 두었던) 격자무늬 30센티미터 자를 꺼내 한 번 더 확인했다. 특별할 것 없는 학습용 자에 엄숙하게 적힌 2센티미터. 그 검은색 숫자가 어딘가 불경하게 느껴졌다. 내가 그 나이 때 '불경'의 사전적 정의를 알았는지는 확실하지 않지만, 어쨌든 불경의 '느낌'은 확실히 알고 있었다. 정말이지 뭘 모르는 어린이의 윤리와 감각으로 보기에도 매우 이상한 일이었다. 문제의 2센티미터가 반구형의 인간 가슴에 도대체 어떤 물리적 영향을 줄 수 있는지 궁금하기도 했지만, 정다각형의 성질을 막 배워 그걸 직육면체의 전개도에 적용하는 입장에서 알아내기 쉽지 않은 일이었다.

그 무렵 내 가슴도 자라고 있었다. 그건 심란하고 귀찮은 일이었다. 정체 모를 애매한 딱딱함과 약간의 신경질을 한동안 품고 있던 가슴 녀석은 그것을 슬그머니 부피감으로 풀어놓고 싶어하는 눈치였다. 체육 시간에 강제로 줄넘기를 할 때나(더 크기 싫었단 말이다!) 하굣길에 펌프 기계를 밟을 때마다 낯선 느낌을 받았다. 그건 뭔가 중력을 거스르려고 하다가, 막상 거스름이 시작되려고 하는 순간, 사춘기적인 시큰둥함으로 *아 됐다고!* 외치고는 무릎 사이에 얼굴을 처박아 버리는 짜증 나고 허전하고 이상한 것이었고, 위아래로 신나게 한없이, 밤낮없이 자라던 내 신체가 이번엔 엉뚱한 방향으로 뻗어 가기 시작했다는 불쾌한 깨달음을 주는 거였다. 곧이어 스포츠 브래지어라는 황당한 물건을 하게 되었다. *왜죠? 나는 딱히 스포츠를 하지 않는데요?* 동네 속옷 가게 사장님과 엄마는 앞으로 가슴이 더 크면 진짜 브래지어를 하게 될 거라면서 좋아했다. 하지만 당사자 입장에서는 좋을 일이 하나도 없었다. 나도 앞으로 2센티미터씩 성장을 하게 될까? 성장과 관계된 거라면 뭐든 지긋지긋했다. 다 그만뒀으면 좋겠다고 생각했다. 가슴. 별 쓸모 없잖아? 나는 그 이후 미안한 픽셀 친구에게 그 기이한 아이템, 풍유환을 먹이지 않았다.

*

키코게임즈 월드 팀 지원을 준비하던 무렵, 자소서 쓸 거리를 쥐어짜 내기 위해 「프린세스 메이커2」 관련 정보를 찾아보던 날이 기억난다. 그날 순식간에 너무 많은 것을 알아 버렸다. 숨겨진 게임 정보 하나하나가 경악할 만한 것들이었다. 나는 망할 놈의 매력/색기 만렙을 찍고 캐릭터 가슴을 최대한 키우기 위해 고군분투하는 변태들의 뻔뻔한 포스팅을 보며 이마를 여러 차례 짚었다. 하지만 내가 그때 자소서에 쓸 수 있는 게임은 오직 「프린세스 메이커2」뿐이었다. 비겁하게도.

이후 오메가3 팀에서 일하면서, 나는 한 번 더 비겁해졌다. 풍유환과 미성년자 캐릭터와 성적 문제를 둘러싼 지점에 대해서 생각하는 것은, 그런 데에서 복잡한 윤리감을 발현하는 것은, 성인의 인지능력을 발판 삼아 어린 시절에 이상하다고 느낀 것을 깊게 들여다보는 것은, 그런 것들은 주니어 게임 기획자로 일하는 데에 딱히 도움이 되지 않는 자세라는 것을 알아 버렸기 때문이다. 캐릭터 스탯이 무얼 가리키는 것인지,

그것의 메타적인 맥락이 무엇인지는 중요하지 않았다. '이동한다, 모은다, 만든다, 싸운다, 공격한다, 죽는다, 이긴다'의 순열과 조합에 사업적으로 스며들 수 있는 거라면 그것으로 족했다.

키코에서 권장되는 기획자의 일이자 자세는 스탯, 즉 능력치의 가치가 아니라, 스탯의 숫자에 관련된 것이었다. 더 정확하게 말하자면, 그 숫자의 동작에 대한 것. 그 숫자가 동작하며 남기는 곡선을 미끈하게 뽑아 내는 일이었달까. 그럴듯하게 완만해서 플레이어가 동기부여를 받을 수 있도록, 그러면서도 그럴듯하게 극적이어서 플레이어가 조바심을 낼 수 있도록 하는 것. 그리고 절대적인 수치 주변에 보이지 않는 해자를 파 두어 플레이어가 결국에는 지갑을 열도록 하는 것. 그리고 그 '현질'이 플레이어의 자발적이고 영리한 선택이었다고 믿게 하는 것. 그렇게 더 많은 과금과 가챠를 더 자연스럽게 불러올 수 있도록 중학교 수학의 가감승제로 끼를 부리는 것이 곧, 키코의 센스였다. *아, 과거의 재능교육 선생님. 슬프게도 우리의 산수가 이렇게…… RIP.*

*

동생과 내가 그 게임에서 점점 이상함을 느껴 가던 어느 봄. 고물 컴퓨터에 숨어 있던 CIH 바이러스가 깨어났다. 전원 버튼을 아무리 눌러도 예의 그 꾸르르르 꾸꾸 소리만 날 뿐 모니터에 아무것도 나오지 않았다. 하루아침에 완전히 먹통이 되었다. 수리가 쉽지 않다는 진단이 나오자 엄마는 오히려 반색했다. 훗날 우리의 한국 지리 학습에 큰 역할을 할 것으로 기대되는…… 남한 지도만 쏙 빼 놓고서, 엄마는 나머지 고철 덩어리와 녹을 흘리며 뚝뚝 울어 대는 외다리 원탁을 묶어 당장 내다 버렸다.

덕분에 그 수준에서 「프린세스 메이커2」는 그럭저럭 우리 자매의 기억에 이상한 추억으로 남을 수 있었지만, 풍유환이라는 망할 유령 바이러스는 CIH 바이러스를 넘어 아직도 활동 중인 것 같다. 이곳 키코에서도, 여전히. 나는 매일 풍유환을 목격한다. 회사 여기저기에 서 있는 캐릭터 등신대를 볼 때마다, 모델러들이 정성 들여 만지고 있는 캐릭터들의 몸과 자세를 볼 때마다, 원화가들이 보내온 스케치를 볼 때마다, 온갖 게임의 각종 트레일러를 볼 때마다. 그러니까, 아무 때나, 아무 데서나.

「프린세스 메이커2」의 시절을 함께한 재능교육 선생님 얼굴은 기억나지 않지만, 그 CM송은 선명하게 기억한다. 자기의 일은 스스로 하자, 알아서 척척척. 스스로 어린이. 그러니까,

큰 가슴이 그렇게 좋거든 다들 스스로 가지고 다녔으면 좋겠다는 바람이 있다. 지금도 바스트 모핑에 진심을 쏟고 있는 모두에게 하루빨리 현대 의학의 축복이 풍요롭게 닿기를, 나는 늘 진심으로 바랐지만.

*

헨타이와 싸움과 우월감과 거대한 가슴 앞에 약간 너덜너덜해진 채로 나는 많은 것을 포기했고, 많은 것을 받아들였다. 얄팍한 자아를 놓고 나니, 오메가3 팀과 새로운 일에 힘없이, 살짝이나마 적응할 수 있었다. 자아를 버리고 나니, 모든 것에 대한 의문점이 사라졌다. 나는 밋밋해졌다. 나는 키코 게임에 아무것도 기대하지 않았고 아무 의견도 갖지 않게 되었다. 물론 그렇다고 해서 즐거웠다는 것은 절대 아니지만.

주니어 기획자로서 내가 해야 할 일은 크게 세 가지였다. 테스트, 데이터 입력, 간단한 시스템 사양서 쓰기. 일을 할 때면 얄팍한 자아에 이어 영혼도 버리고 했다. 그건 지루한 것이면서, 일 그 자체인 일이었다. 문자 그대로의 일. 날고 피하고 쏘아 대는 연기와 보이드와 흐르는 피의 일. 땀과 눈물의 일. 샷 추가한 아메리카노와 대용량으로 사다 놓은 타이레놀이 서로를 녹이며 내 체액의 농도를 쥐락펴락하도록 내버려

두는 일. 내장과 안구와 뇌의 아우성을, 감정과 기분과 육감의 속삭임을 무시하는 일. 그 당시 회사에서 나는 무표정하고 기다랗고 흐물흐물하게 상한 살구색 가죽 덩어리 그 자체였다. 테스트와 데이터 입력은 특히 내가 했다기보다…… 죽음으로 뜯긴 메탈에 절여진 나의 다크한 귀와 불쌍한 손가락 둘이서 한 것에 가까웠다. 디어사이드(deicide)와 디스고지(disgorge) 정도가 그 무렵 나의 절친이었다.

한없이 스마트하고 트렌드에 강한 동생은 내가 듣는 음악을 아주 질색했다. *언니는 도대체 그런 걸 왜 들어? 무슨 변기 물 내려가는 소리 같은데.* 하지만 바로 그 이유로 나의 데스메탈은 일과 아주 완벽하게 어울렸다. 클릭클릭클릭 기록 클릭클릭클릭 기록을 반복하는 나의 소모적인 일은, 딱 변기 물 내리는 일처럼 기계적이고 확실했기 때문이다. 당장은 눈에 보이지 않는 것들이 여기저기 튀어서 몰래 남았다가 나중에 더러운 버그로 돌아온다는 점에서도 둘은 아주 닮았고, 잘 어울렸다.

테스트 중에 작은 짜릿함이 아주 없는 것은 아니었다, 동시에 찝찝한 일이긴 했지만. 눈에 보이지도 않는 픽셀과 픽셀 사이, 시간이라고 부르기에는 어색한 어떤 타이밍의 타이밍 속 텅 비고 쪼개진 정가운데를 찔러 낸 느낌이 올 때면, 가끔씩 그 짜릿함이 왔다. 이런 것이 게이머들이 말하는 손맛이라는 걸까, 그 느낌을 되새겨 보며 그걸 뭐라고 표현할 수 있을지에 대해 생각해 보고는 했다. 챙챙거리며 돌아가는 화면 속의…… 즐거움? 환호? 기쁨? 흐뭇함? 어떤 단어도 완전히 들어맞지는 않았고. 다만 그건 쾌감이라는 단어와 가장 잘 어울리는 것 같았다. 아주 오래된 육식성의 것, 남의 미끈한 관절을 꺾어서 뜯어낸, 힘줄만 남은 손으로 그악스럽게 쥔 붉은 고기의 것. 여전히 털가죽이 붙어 있고 씨근대는 수축이 있는 것. 통각에 기반을 두고 묵직하게 올라와 피부를 적시며 흐르는 것. 타격감이라는 악취적 감각. 생명이 아니라, 남의 숨통과 관계된 것. 막다른 곳까지 몰아넣었다가 깨뜨려 버리는 것. 그런 파괴적인 짜릿함. 그러니까, 딱 파열음다운.

*

그래도 퇴사는 참았다. 일단 오메가 프로젝트의 오픈. 라이브까지는 무조건 버텨야 했다. 그건 공연장에서 부매니저가 되어 버릴 때까지 얼떨결에 버틴 것과 같으면서도 다르고, 다르면서도 같은 이유 때문이었다.

당시 현실적으로 갈 데도, 갈 수 있는 데도 없었다. 이상한 커리어와 애매한 스펙과 없다시피 한 좁은 인맥을 짊어지고서 돌아갈 곳도 떠날 곳도 없는 상황 속에 억지로 걷는 제자리 걸음. 그게 내 상태였다. 나, 조유라라는 기다란 얼룩소가 비빌 언덕은 오직 키코라는 형광색 간판뿐이었다. 그건 너무 요란하고 경박하게 빛나는 네온사인이어서 내 취향이 아니었고, 사실 너무 뜨거워서 비비기는커녕 기댈 수도 없었지만, 거의 나를 구워 버리는 곳에 가까웠지만, 그래도 키코에서 라이브를 했다는 경험이 필요했다. 이렁공더렁공 헤엄친 희끄무레한 물경력에 뭐라도 건더기를 만들어 넣어야 했기 때문이다.

게임 업계에서 커리어에 가장 중요한 것은 바로 라이브 서비스 경력이다. 오메가 프로젝트 정도라면 업계에서 나름 덩치 있는 프로젝트이므로, 그 정도 라이브를 겪고 나면 어디로든 옮겨 갈 수 있을 거라고 믿었다. 그 옮겨 갈 어딘가는 나의 일할 만하며 쉴 만한 물가가 될 거라고, 세상 사람들의 진짜 즐거움을 위한 일터가 될 거라고 생각했다. 혹시 그것도 불행하게 그을린 유라 아Q 조가 한 일종의 정신 승리는 아닐까 조금 고민해 보기도 했지만.

하지만 이현 팀장님이 떠나기 전에 마지막으로 추천했던 게임들을 하면서 나는 그게 마냥 정신 승리는 아니라고 믿게 되었다. 키코 바깥 세상에는 감각적인 게임도 많았던 것이다. 그 게임들의 어느 순간순간에 나는 공연장에서 나를 감염시킨 그 노란 불을 만났다. 추억 속 소용돌이에서 뿜어져 나온 것만 같은 그 미적인 스파크. 나는 홀린 채 그곳 주변을 서성였다. 쾌감과 타격감 대신 텅 빈, 시적인 아름다움과 묘한 위트가 있는 그 화면 속을.

「그리스」, 「디스코 엘리시움」, 「고로고아」, 「왓 리메인스 오브 에디스 핀치」, 「돈 메이크 러브」 등등. 거기에는 경쟁도 싸움도 기록도 없었다. 과금도 가챠도, 망할 헨타이나 풍유환의 그림자도 없었다. 나는 정성 들인 맵 속을 천천히 둥그렇게 헤맸고, 그러면서 인간의 음악과 대화를 들었고, 거기에서 좋은 감각을 받았다. 단정한, 몇 가지 종류의 식물성이었달까. 내 몸을 울리고 흐르며 휘감던 유음의 것들. 심지어 「그리스」를 플레이하던 어느 새벽에는 목울대까지 가득 차오른 충만한 아름다움 때문에 모니터 앞에서 혼자 뚝뚝 운 적도 있다. 물론 PMS 영향권에서 흘린 눈물이었지만 말이다.

그런 종류의 게임들이 하나같이 조국의 게임이, 판교의 게임이 아니라는 점이 불안하기는 했다. 그래도 어딘가 존재할 나의 다음 일자리는, 키코류의 게임 회사가 아닐 거라고 상상했다. 다음에는 진짜 좋은 것을 만드는 곳으로 가겠다고 다짐했다. 진짜 감각적인 곳으로 가리라고, 진짜 세상 사람들의 진짜 아름다움을 위한 곳으로 가리라고. 아름다움을 만들겠노라고. 그런 일에서 나도 즐거움을 느끼리라고.

이상한 취미와 7조가 전광판처럼 스물네 시간 발광하는 업계로 들어왔으나, 끝은 보자고 마음먹었다. 빌어먹을 경력 건더기를 채워 나에게 다음이 허락된다면, 다음이란 것이 온다면, 다음 회사에 간다면, 그때는 꼭 싸움도 경쟁도 없는 것을 만들겠노라고.

나는 문학적이고 풍성한 것을 하고 싶었다. 미적인 스파크를 품은 것들. 흐르는 것들. 나의 소중한 소용돌이를 열어 주는 것들. 인간을 한없이 헤매게 하는 것들. 아름다운 것들. 말하자면, 문학적인 게임이랄까.

[D] [→] 크레이지,

핫키,

시절과 추억과 미래

그럼에도 도대체 이런 이상한 곳에서 내가 뭘 하고 있는 건지 모르겠다는 혼란은 주기적으로 찾아왔다. 세상에 더 중요하고 정말 아름다운 무엇이 있는데, 그걸 잊고 엉뚱한 데에서 괜히 힘 빼며 쓸데없는 시간을 보내고 있다는 불안감이었다. 업무 중 끝도 없이 추락하는 캐릭터나 맵에 끼여 멈춰 버린 캐릭터를 만나면, 짜증 나면서도 은근히 반가웠다. 마치 내 모습 같았다. 〔버그〕 n분마다 위치 유효성 확인(Y/N) 추가 필요, 상태: 신규, 우선순위: S, 레드마인에 일감을 발행하면서, 캐릭터보다 내가 먼저 위치 유효성을 확인받고 싶다고 생각했다. *나는 어디에 있습니까? 유효합니까? 나는 어디로 갈 수 있습니까?*

우울이 한도를 넘을 때면 팀장이 보여 줬던 포트폴리오와 미소녀 리듬 게임 생각을 하기도 했다. 고작 그런 게임도 나쁘지 않은 기획이라면, 내가 키코에서 못 할 일이 뭐가 있냐는 생각을 했다. 그러나 바로 다음 순간에, 고작 그런 일을 나도 하고 있다는 데서 다시 우울감이 밀려왔다. 엄마 아빠 생각도 했다. 나의 불쌍한 부모는 첫째 딸을 데리고 한 「프린세스 메이커2」를 호되게 실패한 것이다. 당신들은 실컷 고생하면서 엄청나게 먹어 대는 딸을 키웠다. 당신들은 딸을 교회에 보냈고, 시문학과 외국어를 가르쳤다. 딸이 길거리에서 성희롱을 받지 않도록 하기 위해서 최대한 노력했다. 하지만 그래서, 당신들이 우여곡절 끝에 만난 엔딩은, 커다랗게 자라 버린 딸내미가 달랑달랑 들고 온 엔딩은, 그것은 무신론자 게임 기획자. *진짜 엔딩입니까? 여보세요? 이런 건 선택지에 없었잖아요?*

불과 몇 개월 만에 나는 아주 지쳤다. 지쳐 버렸다. 내 인생의 딜러이자 힐러이자 탱커인 것은 오직 나 하나였다. 그 모든 것을 다 해내느라, 나는 완전히 방전되었다. 완전히 소진되었다. 나는 디어사이드와 디스고지에 이어 카니발 콥스(cannibal corpse)로 넘어갔다. 모두가 박살내고 간 것들이 내 안에서 덜그럭덜그럭 굴러다니는 것 같았다.

*

눈 딱 감고 칼퇴를 했다. 그렇다고 해서 퇴근 후를 알차게 보낸 것은 전혀 아니었다. 집에 가면 간신히 씻고서 거의 누워 있었다. PMS 때는 뚝뚝 울면서 누워 있었고, PMS가 아닐 때에는 그냥 누워 있었다. 누워서 책을 읽고 싶기도 했는데, 팔을 뻗고 있는 것 자체가 힘들었고, 책 내용에 감정적인 어떤 자극을 받게 될 것이 미리 무서웠다. 하지만 그러면서도 뭔가 읽고 싶어서, 무게가 깃털 같다는 전자책 기계를 충동적으로 샀다. 그러고는 하루 이틀 후부터 방전된 채로 내버려 두었다. 충전 젠더를 사야 한다는 생각을 한 달 넘게 했는데 끝내 사지 못했다.

오랜만에 DVD로 영화를 보고 싶었다. 그러기 위해서는 일어나 벽장에 넣어 둔 DVD 플레이어를 꺼내야 했는데, 고작 그걸 해내는 데 거의 두 달이 걸렸다. 방치해 둔 DVD 플레이어 안에는 영화 「고양이를 부탁해」가 들어 있었다. 감정적으로 동요될 생각이 전혀 없었지만 굳이 그걸 보면서 오열했다. 멈출 수가 없었다. 그다음 날도 감정적으로 동요될 생각이 역시 없었지만 굳이 또 보면서 또 오열했다. DVD 타이틀을 바꿔 넣는 데에 일주일이 걸렸다. 그 일주일 동안 눈이 탱탱 부어 있었다. 이어서, 간신히 「패터슨」을 보기 시작했다. 영화에서 그 어떤 곤란한 사건도 일어나지 않는다는 것을 이미 알고 있어서 고른 영화였다. 하지만 푸른 기 도는 영화의 모든 장면이 불안감을 줘서 감정이 흔들렸다. 계속 불안해하면서도 계속 봤다. DVD 타이틀을 바꿔 넣는 것이 너무 힘들어서.

간간이 하던 닌텐도 「동물의 숲」도 그만두었다. 내가 8개월 넘게 플레이해서 얻은 아이템이 사실 남들이 몇 주면 얻는 아이템이라는 것을 잘 알았다. 타임슬립을 하고 게임 게시판을 뒤져 파트너를 찾아 효율적으로 플레이하는 조국의 전투적 플레이 방식을 나는 따라갈 수가 없었다. 내가 「동물의 숲」에서 제일 좋아하던 것은 밤에 혼자 해변을 느릿느릿 산책하면서 조개와 산호 조각을 줍는 것이었다.

정신과에 찾아가기도 했다. 진료실 의자에 앉자마자 눈물을 줄줄 흘리는 나에게 의사는 너무 무리할 필요가 없다며 휴식을 권했다. 하지만 병원 복도에 걸려 있는 그의 화려한 이력을 읽고 나자, 고작 이 정도의 고통으로 울면 안 된다는 생각이 들었다. 담당 의사야말로 쉬어야 할 사람이었다. 그는 어린 시절부터 피 터지게 경쟁한 끝에 명문대를 졸업하고 하루에 서너 시간만 자며 전문의가 된 사람이었다. 병원 문을 일주일에 6일이나 열면서 현대인의 정신 건강을 걱정하는 유튜브 채널까지 운영했다.

어쨌든 나는 다크서클이 지독한 의사의 처방에 따라 다종다양한 약을 삼켰다. 그리고 지옥 같은 소화불량과 구토, 두근거림을 겪으며 죽다 살아났다. 결국 그 의사와 똑같은 거대한 다크서클만 얻은 채, 다시는 병원에 가지 않았다.

결국 유일한 스트레스 해소법은 동생과의 수다였다. 동생은 리액션이 커서 이야기하는 보람이 있었다. 그리고 기력 없는 내가 대충 넘어가는 이야기도 파고들며 물어봤다. 동생은 늘 상황을 재구성해 바라볼 수 있게 도와주었다. 전에 공연장 일을 할 때는 내 넋두리를 어지간히 귀찮아하던 애였는데 몇 년 사이에 성숙해졌구나 싶었다. 나는 동생의 조언을 참 많이 듣고 따랐다. 동생과 대화하고 나면 잠깐 반짝, 괜찮아지는 것 같았다.

그래도 역시 잠들어 있는 동안이 가장 행복했다. 아무것도 생각하지 않아도 되니까. 죽고 싶다는 생각을 하지 않아도 되고, 죽고 싶다는 생각을 할 때마다 동시에 하는 죽고 싶다는 생각을 하지 말아야 한다는 생각도 하지 않아도 되니까. 하지만 잠자는 것이 마냥 행복한 것 또한 아니었다. 악몽을 자주 꿨다. 높은 데에서 끝없이 떨어지는 꿈. 내가 제일 싫어하는 꿈. 어릴 때부터 줄기차게 꾸던 꿈. 키 크는 꿈. 제발 그만 크고 싶었던 나로서는 남들 두 배로 끔찍했던 꿈.

체력이 빠르게 소진됐다. 가만히 앉아 있기도 힘이 들었다. 그래도 출퇴근은 간신히 어떻게 했다. 귀신처럼 기어 나갔다가 귀신처럼 기어 들어와서 귀신처럼 다시 눕는 것의 반복.

보다 못한 동생이 병원에 가서 수액을 맞을 것을 권했다. 그런데 나는 어릴 때부터 주사 공포증이 있다. 바늘이 피부를 찌르는 게 너무 무서워서 그 흔한 피어싱도 안 했고 타투도 안 했다. 사람 가죽에 구멍을 내어 뭔가 집어 넣는다는 건 상상만 해도 끔찍한 일이다. 대학 시절, 중급 프랑스어 독해 연습 시간이었던가. 프랑스 국적의 호모사피엔스가 독사의 이빨로부터 영감을 받아 주사를 발명했다는 글을 더듬더듬 읽은 후 주사를 더더더 무서워하게 되었다. 모르는 게 약이다. 독사…… 독사라니.

동생은 내가 주사를 무서워한다는 것을 그 누구보다도 잘 알면서도 내 몰골이 너무 심각하다며 수액을 맞으러 가야 한다고 주장했다. 그걸 맞으면 아무래도 힘이 난다는 것이었다. 눈 질끈 감고 아주 작은 구멍 딱 하나만 뚫으면 된다는 것이었다. 공포심에 이리 빼고 저리 뺐지만, 결국 어느 토요일 오후, 나의 스마트하고 힘센 동생은 기어이 나를 집 근처 수상한 의원에 끌고 갔다.

접수받는 간호사는 벽시계를 힐끔 보더니 수액을 부지런

히 맞아야 한다고 했다. 그 말이 무슨 뜻인지 이해하려고 노력을…… 해 보려고 시도를…… 하는 순간, 관록이 넘쳐 보이는 간호사가 순식간에 내 손을 낚아채 구멍을 내고 피를 채취했다.

아이구, 키 큰 아가씨가 손가락도 이거…… 이거 아주 긴 거 봐? 혈당 정상이요.

아아…… 아아아…… 피가 새어 나오는 것을 보니 패닉이 오는 것 같았다. 이어서 심드렁해 보이는 의사가 심드렁하게 문진을 했고…….

뭐, 특별히…… 뭐…… 설사는 안 하시죠?

그 이후 나는 수상한 주사실로 쫓겨 들어가 침대에 누우려다가 다리를 철제 기둥에 세게 부딪혔다. 침대가 너무 작았다. 정신이 하나도 없었다. 동생이 어르고 달랜 것과는 다르게 내 가죽에 구멍을 두 개나! 두 개나 낸다는 것에 패닉이 왔다. 아아…… 아아아…… 주사실에 나타난 관록의 간호사는 역시 순식간에 내 팔을 낚아채 팔이 접히는 부분에 구멍을 내고 주사를 꽂았다. 아아…… 아아아…… 구멍이 나 버렸다……. 두 개나 나 버렸다……. 그 빨간색 수액을 맞는 동안 내 가죽에 난 끔찍한 구멍 두 개를 잊기 위해 억지로 자고 싶었지만, 그럴 수가 없었다. 초스피드로 떨어지는 빨간색 수액 방울이 내 팔을 얼어붙게 했던 것이다. 관록의 간호사가 말한 '부지런히'가 무슨 뜻인지 그제야 이해했다. 아아…… 아아아…… 영화 「설국열차」 초반부에서 팔이 잘려 나가던 불쌍한 사람 생각이 났다. 갑자기 서러움이 온몸을 휘감아서 병원 베개에 눈물을 흘렸다. 아아…… 아아아…… 설국열차에 탔다면 나도 끝 칸에 갇혀 바퀴벌레 양갱을 먹고 있었을 것이다. 아아…… 아아아…… 설국열차에서 팔이 썰렸을지도 모른다. 아아…… 아아아…… 아니, 아예 설국열차에 탑승하지 못하고 얼어 죽었을 확률이 가장 높다. 아아…… 아아아…… 맞은편 침상에 걸터앉아 발을 까딱이며 게임을 하던 동생이 기가 막히다는 표정으로 나를 쳐다봤다. 주사실 커튼 너머 라디오에서 아바의 노래 「김미! 김미! 김미!」가 나오고 있었다. 워낙 부지런한 병원이어서 그런지 아바도 노래를 참 부지런히 했다. 세상이 1.8배속 정도로 플레이되고 있는 것 같았다. 아아…… 아아아…… 나는 이곳에 적응할 수가 없어……. 또 서러워져서 눈물을 또르륵 흘렸다. 팔에 이어 머리도 차가워졌다. 누가 투명한 직사각형 얼음 수건을 이마에 얹어 둔 것 같았다. 그 상태로 천장 무늬를 하나씩 셌다. 그걸 와르르 무너뜨리면서 다 끝내든가, 아니면 최소한 거기에서 동네 고양이라도 야옹! 튀어나오게 해 달라고 빌었지만. 부지런한 링거병이 텅 비어 버릴 때까지 아무 일도 일어나지 않았다. 아아…… 아아아……. 그래도 소원을 부지런히 빈 보람이 있던 것인지, 병원을 나오자마자 입이 아주 뽀송하게 하얗고……
노란색 코트를 우아하게 걸친 동네 고양이 하나가 나타났다.
아아…… 아아아……. 동생과 그 고양이를 관찰하다가, 관록의 간호사와 심드렁한 의사가 병원 문을 닫고 부지런히 퇴근하는 것을 보았다. 잠깐 퇴근자들을 쳐다보는 사이에 고양이는 사라졌다. 부지런히 사라졌다.

동생은 이왕 나왔으니 계절 한정판 디저트를 찾아 부지런히 빵지 순례를 해야 한다고 했다. 나는 너무 귀찮았고 이미 피곤했지만, 수액까지 맞춰 준 동생을 두고 집에 혼자 가 버릴 수 없었다. 동생은 확실히 나와 다른 인간이다. 길을 가다가 촬영 중 팻말을 보면, 나는 발끝이라도 찍히는 게 싫어 길을 멀리 돌아가지만, 동생은 기어이 인파를 헤치고 얼굴을 들이밀어 자기 눈으로 뭐라도 구경하고 인증 샷을 찍어야 직성이 풀리는 인간이다. 스타벅스 해피아워 이벤트 소식을 접하면, 나는 마시려던 커피도 다른 데 가서 마시는 인간이지만, 동생은 먹을 생각이 없었던 프라푸치노를 굳이 사 먹으러 가는 인간이다. 나는 우리 동네 어디를 가도 롯데타워가 보이는 것이 뭔가 촌스럽고 웃기다고 생각하지만, 동생은 그게 왜 웃긴지 이해하지 못한다. 어쨌든 롯데타워는 크고 유명하며, 매우 멋지다는 것이다.

인터넷 커뮤니티 중독자이자 유행하는 모든 것은 부지런

히 다 해 보고 다 먹어 봐야 하는 나의 동생. 집에 가다 말고 동생을 따라 프랜차이즈를 부지런히 순례했다. 그런데 수액 때문에 체내 수분량이 폭증해서 그런지 갑자기 요의가 부지런히 밀려왔다. 결국 동생을 부지런히 재촉해서 부지런히 집에 돌아왔다. 집에 들어오자마자 화장실로 부지런히 달려가 엄청난 양의 오줌을 부지런하게 누었다. 그날 오줌은 아주 흥미롭고 부지런한 분홍색이었다. *하드 워킹 핑크, 인더스트리얼 핑크, 딜리전트 핑크…… 노동자 핑크.* 그렇다면 혹시 똥도 분홍색일까. 이왕이면 텔레토비 맘마 같은 똥을 푸지게 싸기를 은근히 기대했지만, 불행히도 그건 아니었다. 내 똥은 매우 검고 처참하고 외로워 보였다. 변기 물속에 오도카니 담겨 명상하는 굉장히 단독자적인 똥이었다. 세상에, 맙소사. 불행하다. 어쩌다가 이런 것을 품고 다니며 이런 것을 싸는 인간이 되었을까. *호러블 블랙. 새드 블랙. 그리즐리 블랙…… 키코 블랙.*

부지런한 그 주말 이후 멍든 다리를 끌고 다니며 이상한 후유증에 시달렸는데, 그것은 일종의 정신병이었다. 의식에 '주사'라는 단어가 들어오면 팔뚝 한가운데가 아리다가, 아니야, 정신 차려, 너 여기 주사 맞지 않았어, 다른 데야. 생각하면 갑자기 팔 접히는 부위가 아리다가, 잠시 뒤부터 두 군데가 사이키 조명처럼 껌뻑대며 1.8배속을 한 아바의 박자에 맞추어 교대로 통증을 내뿜는 증상이었다.

그런데 하필 그 무렵 터진 가장 큰 사회 이슈가 '독감 백신 부작용으로 인한 사망자 연속 발생'이었기 때문에, 텔레비전만 틀면 주사 주사 주사와 자료 화면이 쏟아져 나왔고 인터넷 창을 열면 주사 주사 주사 기사가 넘실거렸다. 뉴스 앱과 유튜브 알고리즘도 주사 주사 주사를 불러왔고 주변 사람들도 주사 주사 주사 이야기를 했다. 나는 아무 때나 아무 데서나 주사 공격을 받아, 가만히 앉아 있다가도 갑자기 팔뚝을 주무르고 팔 접히는 데를 아아…… 아아아…… 부지런히 주물러야 했다.

*

그러니까, 다시 아침. 영원히 아침.

늦잠과 버스 연착과 망할 날씨의 세 가지 사건 중 한 가지 이상이 무작위로 발생하는 날들. 시청자라고는 달랑 동생 한 명인 나의 재미없는 루프물.

오메가 프로젝트의 라이브 전 폴리싱은 한없이 길어지고 있었다. 심지어 몇 가지 특수 설정이 게임 커뮤니티에 치명적으로 유출되어 재작업에 들어갈 것이라는 통보가 내려왔다. 이제 와서 설정 수정이라니 말도 안 된다며 약간의 저항이 있었지만, 늘 그렇듯 그건 의미 없는 저항이었다. 사람들의 얼굴이 누렇게 떠 가고 있었다. 으르렁대는 보안 공지가 올라오고 또 올라왔다. 나는 건성으로 읽고 창을 닫다가, 나중에는 제목만 보고 대충 넘겨 버렸다. 그조차 루프물의 일부였다.

나는 계속해서 무기력했고, 팀장과의 관계는 악순환의 출구 없는 고속도로를 타고 더 나빠지는 중이었다. 그런데 그 무렵 갑자기 잡힌 수상한 회의 하나가, 무기력한 나를 일으켜 새 코뚜레를 채웠다. 나는 덜그럭거리며 일어났다. *음머어*. 물론 코뚜레의 주인은 키코게임즈 최고의 실세. 늘 고오맙고 은혜로운 핫키 팀이었다.

*

키코게임즈의 회의실은 매우 아름다웠다. 키코 사옥 전체가 아름다웠다. 매해 가장 감각적인 건축물 중에서도 단 몇 개만 받을 수 있다는 유명한 상을 받은 건물이었다. 그리고 그런 상을 받은 건물이 거의 그러하듯, 여름에 따뜻하고 겨울에 시원했다. 키코 사람들은 통유리 속에서 얼었다 녹았다를 반복하며 인간 과메기가 되어 비린 속을 안고 책상 서랍에 소화제 쪼가리를 남긴 채 퇴사하고는 했다.

인터뷰를 사랑하는 대표는 늘 각종 인터뷰에서 말하곤 했다. 사람이 천장이 높고 뷰가 좋은 데에서 살고 일하고 생활해야 창의력이 활성화된다고. 그래서 발품을 팔아 이런 특별한 곳을 골랐다고. 탁 트인 회의실에 들어갈 때마다 늘 대표의 그 인터뷰가 떠오르며 곧 소화기관이 약간씩 삐걱대는 것만 같았다. 나는 지금도 궁금하다. 창의력이란 정말 활성화될 수 있는 능력인가. 창의력에도 온오프가 있는가. 그렇다면 출근과 동시에 창의력을 껐다가 퇴근하면서 켤 수도 있는 것인가. 살고 일하고 생활하고는 또 무엇인지. 대표, 너 기고원 같은 놈들이 힙스터 놀이 하면서 여기저기 들쑤시고 다닌 통에 이 동네 부동산이 얼마나 난리인지 알고나 하는 소리인지 모르고 하는 소리인지. 해가 갈수록 직원들이 어쩔 수 없이 외곽으로 빠져나가느라 모두의 평균 통근 시간이 길어지고 있는 판이었다.

그날 회의 주재자는 핫키 팀 대장 손현진이었다. 그을린 말상 손현진, 대표의 적토마 손현진은 생긴 것과 남다른 발성부터가 완벽한 커리어우먼의 화신이라고 할 수 있었다. 나는 그를 볼 때마다 드라마 「하우스 오브 카드」의 주인공 클레어 언더우드를 떠올렸다. 나는 손현진이 사람들을 쥐 잡듯 잡았다가 곳간에 풀어놓았다가 다시 쥐 잡듯 잡으며 한여름에도 새빨간 홍시를 따게 하고, 망망대해에서도 홍시 만한 대추를 기어이 수확하게 만드는 모습을 입사 이래 보면서(또한 당하면서) 동생이 한 인터넷 커뮤니티에서 봤다는 명언, 마른 사람은 일단 조심해야 한다를 뼛속까지 이해하게 되었다. 얼마나 성격이 더러우면 아무 데나 잘 쌓이는 살 덩어리도 못 견디고 떠나겠느냐는 주장인데, 당할수록 아무래도 과학적인 것 같다. 나는 손현진이 키코게임즈에 있을 인물이 아니라고 생각했다. 저 사람은 시대의 난 년이며, 근미래에 아무래도 판교 바닥이 아닌 여의도로 보내야 할 인물로 보였다. 아아, 위대한 현진 클레어 언더우드 손.

*

그날 손현진이 들고 온 기획은, 간단하게 말하자면 단기 멘토링 프로그램 운영 프로젝트였다. 그가 넘기는 화면마다 꿈과 희망이 넘쳐흘렀다. 청년 백수 기십만 시대에 대학생을 모집해 키코게임즈에서 직접 미니 게임을 제작, 발표할 수 있도록 멘토링과 시설을 제공하겠다는 것이었다. 언제나 그렇듯 손현진은 그날도 아주 청산유수였다.

기획안이나 완성 게임을 제출받아 평가하는 공모전은 이미 널리고 널렸어요. 콘텐츠 융합 운운하며 지자체에서도 시도할 정도이니 뭐 이미 지나간 기획이라고 할 수 있겠죠. 다

른 회사들처럼 인턴 적당히 뽑아 테스터로 뺑뺑 돌리고 게임 쿠폰 붙인 수료증 하나씩 찍어 줄 수도 있겠지만. 우리는, 여기는, 키코잖아요?

손현진은 승무원 학원에서 면접 비법으로 연습시킬 법한 화려하며 대칭적인 미소를 띠고 좌중을 둘러본 후 말을 이었다.

그래서 키코 이름으로 미니 게임 제작을 처음부터 할 수 있도록 도우면 어떨까 합니다. 흔한 체험이 아닌, 과정과 성장! 그 자체를 제공하는 거죠.

손현진은 화사하고 유려한 손짓을 곁들여 말했다. 목에 풍성한 리본 모양으로 묶은 스카프가 팔랑, 흔들리는 것이 아주 볼만했다. 점심 식사 후, 부른 배 덕분에 나도 모르게 정신을 놓고 관대하게 손현진 특유의 무서운 프로페셔널함을 구경하던 중에 갑자기 뜬금없는 이야기가 귀에 들어왔다.

어떠십니까? 이 자리의 여러분은 따뜻한 멘토, 때로는 꼼꼼한 조교의 롤을 수행하시게 될 거예요. 키코의 이름 안에서요. 이건 완전히 새로운 접근이에요.

뭐? 내가? 멘토에 조교? 갑자기 얼마 전 팀 점심 중, 팀장이 지나가는 말인 것처럼 슥 던져 뒀던 말이 그제야 기억났다.

유라 님은 데이터 업무 좀 줄이고 이런저런 병행 프로젝트도 돌면서 업무 다양하게 해 보는 것도 괜찮을 텐데요, 뭐든

주니어 시절에 해 보는 게 좋죠.

하필이면 내가 입안에 참치김밥의 거대한 끄트머리를 욱여넣자마자 나온 이야기라 (의문 넣은) 대답조차 할 수 없었던! 그러고는 순식간에 화제가 넘어갔던 그 대화. 젠장, 팀장이 밑밥을 깔아 둔 거였다. 나는 그쯤에서 맞은편의 팀장을 한번 쳐다보았지만. 망할 팀장은 랩탑 뒤에 야무지게 숨은 채 너무나 열심히 화면을 들여다보고 있었다. 나와 눈을 안 맞추려고. 나보다 훨씬 게임 좋아하고 잘하고 아는 것도 많으며 아는 척도 신나게 할 법한 사람이 우리 팀에만 한 트럭이었으나 굳이 나를 투입시킨 이유가 짐작 안 가는 것도 아니었다. 그는 나를 잠깐이라도 치워 놓고 싶었던 것이다.

머리가 아파 왔다. 멘토라니! 그것도 손현진 프로젝트에서! 나는 키코 게임 모른다! 그 퍼킹 우월감을 가장 혐오한다. 거기에 대학생이라니! 대학생! 인생의 여름을 맞아 덜떨어진 자아를 미친 잡초처럼 틔워 버리는 시기 아니던가. 제일 쪽팔린 짓을 제일 열심히 골라서 하는 제일 미친 시기. 나는 그제서야 회의 참석자들을 새삼 둘러보았다. 캐릭터 아티스트 박지혜는 다가오는 출산휴가 전 애매한 시기를 적당히 때우라고 보내진 것일 테고. 뉴페이스 프로그래머 한재환에게도 뭔가 사정이 있을 것이었다. 한마디로 우리 중에 사내 주요 인물은 없었다. 손현진의 핫키 입장에서는 손 안 대고 코 풀며 성과

만 챙기는 프로그램일 테고, 그걸 오메가의 떨거지들이 적당히 받아 주는 상황이었달까.

대충 피티가 끝날 무렵이 되자, 손현진은 역시 화사하게 웃으며 우리의 의견을 물었다. '묻기는 뭘 물어…… 다 정해 놓고서…….' 내가 속으로 앞날을 불안해하며 삐죽이는 동안, 갑자기 한재환이 튀어나와 손현진과 그의 기획에 대해 민망한 용비어천가를 부르기 시작해 분위기가 이상해졌다.

한재환과 손현진을 제외한 모두의 공감성 수치가 차오르는 그 수습 불가능한 틈을 타서, 그 멘토 어쩌고에서 빠져나갈 방법을 찾아 식사 후 치솟은 혈당 속에 퍼져 버린 머리를 열심히 굴렸으나, 당연히 없었다. 팀장이 밀어붙일 터였다. 내가 무슨 힘이 있나.

나는 억지로 긍정적으로 생각하기로 했다. 팀에 남아 팔자에 없는 짓, 그러니까 졸린 눈을 억지로 뜨고 오만 종류 몬스터와 적 기체 HP 테이블을 만지는 짓이나, 몇 번 눈 마주쳤다고 착각한 모델러에게 *흠, 저 여캐…… 인체…… 너무 과장…… 특히 상체…… 심한 거…… 아니에요……?* 말 건넸다가 이상한 년 취급당하는 짓을 반복하느니, 팀 작업에서 반쯤 빠진 채 멘토링이라는 사기를 치는 게 낫겠다고 자기합리화를 억지로 마칠 무렵, 분위기를 정리한 손현진이 이야기를 이어 갔다.

부연하자면, 이번 프로젝트에 인플루언서 학생들도 함께할 거예요. 다양한 배경의 학생들이 어우러지는 환경을 조성할 계획입니다. 멘토님들이 잘 도와…… 이끌어 주신다면, 키코 이미지 제고에 도움될 수 있겠죠?

손현진의 말버릇 부연하자면이 나왔다. 손현진의 말은 늘 미괄식이다. 향유와 꽃으로 상대를 마사지해 녹여 놓은 뒤, 마지막에 그만의 거대한 꼬리로 휘감아 삼키는 고급 기술. 결국 저거였던 것이다. 힙한 배경에 비싼 장비 깔아 놓고 게임 좋아하는 어린애들 데려다가 무료 커피 콸콸 부어 주겠다. 유튜브 같은 거 하는 애들을 재밌는 거 찍게 몰아 대면 뭐라도 나올 것이다. 핫키 팀이 세팅할 테니, 너희는 그림 잘 나오게 서포트나 해라. 아아, 지엄하신 현진 클레어 언더우드 손의 말씀. 핫키의 멘토링 일은 아마도 나에게 확실한 활력을 줄 터였다. 혈압과 함께, 겨드랑이에서 흐르는 땀과 함께.

손현진의 목소리가 우렁우렁 울리는 동안 나는 멍하니 창가로 눈을 돌렸다. 본인의 (없는) 미감을 너무 사랑하는 대표가 직접 투명 자와 각도기를 모니터에 얹어 가며 하도 참견해 대는 통에 디자이너들의 줄퇴사를 불러왔다는 전설의 키코 로고 조형물이 아름다운 창가에서 오후의 직사광선을 받으며 조용히 바래 가고 있었다.

*

나의 희미하고 조그만 팀장 서은수는 컴퓨터공학과 출신이지만 개발 능력이 거의 없었다. 나도 불문과를 나왔지만 불어를 딱히 못하는 사람인지라 뭐 그럴 수 있다고 생각하지만, 문제는 그 무능력이 서은수라는 인간이 짊어진 커다란 콤플렉스였다는 것이다. 그가 전공 공부를 다시 하면서 그 콤플렉스를 해소했다면 참 좋았을 것이다. 하지만 그는 엉뚱한 방법으로 콤플렉스를 해결하고자 했다. '흔한 컴공 맨들과는 다른 나, (기술적으로 조금 모자랄지 몰라도) 감성적으로는 아주 특별한 나'로 스스로를 포지셔닝한 것이다. 거기에 팀장은 예술 아저씨들 특유의 한 줄기 멸종한 바람을 동경하는 사람답게 자기 연민도 상당히 심한 편이었다. 그렇게 서은수가 콤플렉스 해소를 위한 감성병과 자기 연민을 범벅해 택한 자아상은 '이 험한 세상으로부터 이해받기 어려운 나만의 감성을 가졌지만, 가장으로서의 무게 때문에 그것을 펼치지 못한 채 세상에 순응하는 슬픈 사람'이었다.

거기에서 문제가 발생했다. 팀장은 위에서 무례하게 던져주는 이상한 기획, 무리한 일정, 윤리적으로 논란이 될 만한 지점을 혼자 발견하(였다고 착각하)고 혼자 슬퍼하(고 있다고 역시 착각하)면서도 모든 것에 예스로 응해 일을 산더미처럼 받아 왔다. 만약 그가 그런 힘듦을 팀장으로서 팀원들과 조금이라도 나눴다면, 혹은 시니어 기획자로서 직업의식을 갖고 최소한의 문제 제기라도 했다면, 우리 팀원들은 팀장을 충분히 응원하며 함께 마우스로 부비트랩이라도 팠겠으나, 팀장은 감성적인 나, 남들과 워낙 다른 나, 나만의 눈을 가져 외로운 나, 유일하게 기혼 유자녀의 삶을 꾸리는 나…… 따위의 알 수 없는 이미지를 추구하느라 바빠 선민의식의 구름을 타고 팀원들을 위에서 자꾸 기분 나쁘게 굽어보았다. 때문에 우리는 회의만 끝나면 이케아 나뭇잎 캐노피 아래 자신의 조그만 몸을 집어넣고서 홀로 이유 없이 슬퍼하는 팀장을 그냥 두고 봐야 했다.

캐노피 아래에 들어앉은 팀장은 희한한 짓을 많이 했다. 슬플 때마다 우리를 붙들고 그의 '감성'론을 펼쳤다. 기획자가 아닌 디자이너로서의 감각 타령. 유저들의 직관 타령, 온갖 (유행 지난) 스타트업 방법론에 '나 때는 말이지'를 얹은 타령을 곁들여 가면서. 하지만 아무리 들어 봐도 그 감각이, 그 직관이, 그놈의 나 때가 도대체 무엇이었는지 아무도 알 수 없었다. 그것을 끝끝내 실제로 본 사람 또한 아무도 없었다. 하지만 그러든 말든 그 타령을 끊임없이 지속한다는 점에서 대단한 사람이기는 했다.

팀장은 심장이 없는 이과 컴공 놈들의 개발 언어에 대항하여 자기만의 문과적 기획적 능력을 어떻게든 내세우고 싶어 했다. 이 또한 그가 그냥 전공인 개발 공부를 다시 하면 될 일이었겠으나, 그는 역시 엉뚱한 방향을 잡았다. 문서의 관리와 서식에 더없이 집착하는 것이 그것이었다. 때문에 눈치껏 내는 당일 휴가는 딱히 욕 먹을 일이 아니었지만 팀장이 자신만의 감성으로 아름답게 매만져 놓은 엑셀 틀 — 온갖 함수를 물려 둔 셀들은 그의 감성에 대한 가장 가시적인 표현이기는 했다 — 을 깨는 것은 팀에서 절대 용납될 수 없는 일이었다. 그렇게 엑셀 속 오와 열의 균형과 대칭의 질서에 완전히 중독된 팀장은 업무의 모든 것을 그 사각형으로 관리하려 들었다. 생물로 태어난 죄로 유선형 몸뚱어리를 가지고 쌕쌕 숨쉬는 우리 팀원들도 물론 그 관리 대상이었다. 우리는 매일 그가 만든…… 감성이 흘러넘치는 표에 그가 정한 기호와 색깔로 모든 태스크의 진행 정도를 표시해야만 했다. 지난 세기의 재능교육 학습지 교사들도 안 했을 일이랄까.

그리고 나는 약간 미묘한 방향에서 불어오는 고통, 너무 미묘해서 설명이 불가능한, 그래서 어디다 호소할 수조차 없는 짜증 나는 고통도 함께 겪어야 했다.

팀장은 초기부터 분명 나에게 삐쳐 있었지만, 그러면서도 나를 그 망할 놈의 감성 동료로 여기고 있었던 모양이다. 그건 내가 지나치게 솔직하게 굴었던 만둣집 문답의 여파였다. '세상 사람들의 즐거움을 위한 일이니 잘해 내고 싶다'는 말이 하필! 그놈의 빌어먹을 감성을 건드렸던 것이다. 대놓고 더럽게 굴지는 않았지만, 자꾸 *너는 그래도 감성 있지, 너는 차분하고 우울을 알지, 그러니까 너는 나 이해하지? 아아. 특별하고 불쌍한 나. 아아. 내가 너에게 고급 자료도 보여 줬는데. 아아.* 따위의 느끼한 신호를 알아듣기를 은근히 요구해 왔다. 지저스. 나는 최선을 다해 모르는 척 뒷걸음질을 쳤다. 나는 잘 체할 뿐 아니라 비위가 많이 약한 인간이므로.

하지만 내가 뒷걸음질을 치면 칠수록 팀장은 자꾸 혼자서 상처받는 듯했다. 그리하여, 끝내 팀장과 나의 관계는 천천히 틀어지고 더 틀어지며 돌이킬 수 없는 강을 건너게 되었다. 미움의 강 주변에 미운털의 못생긴 수풀이 기어이 수북이 돋아났다. 잡초처럼 번성해 바람 없이도 후들대던 그 미운털들. 그것은 제거하기 너무나 힘든 것들이었다. 원래 얇고 힘 없는 털일수록 제모하기가, 피부과 레이저로도 어려운 법이므로.

*

우습지만, 매일 얼굴을 보고 함께 일하는 사이에서 누군가가 일을 잘하고 못하고는 그렇게 중요한 문제가 되지 않는다.

그럭저럭 나쁘지 않은 수준이면 된다. 일머리보다 훨씬 중요한 것은 내가 상대방을 싫어하느냐 좋아하느냐다. 마음과 호감의 문제랄까. 2000년 전에 중국 위나라 소년 미자하가 깨문 복숭아는 썩지도 않고 여전히 풍성하게 잘 자라고 있다. 누군가는 미소년 미자하가 깨문 복숭아를 받고, 누군가는 다 커버려 수염이 성성하고 얼굴이 상한 미자하가 깨문 복숭아를 받는다.

인간은 마음의 동물이고, 마음은 호불호의 동물이다. 한 번 좋음의 궤도가 돌아가기 시작하면, 좋으므로 좋고, 좋아서 좋으므로 더 좋게 된다. 그 무서운 원심력은 잘 깨지지 않는다. 거의 무한 동력에 가깝다고 할 수 있다. 집 마당에 온갖 고물을 늘어놓고서 영구 기관 제작에 집착하는 유사 과학 광인들도 해내지 못한 것을 우리 마음은 쉽게 해내고 있달까.

또 반대로, 한 번 싫음의 궤도에 올라타게 되면, 거기에서 벗어나기도 쉽지 않다. 싫으므로 싫고, 싫어서 싫으므로 더 싫은 악순환. 이것은 영구 기관의 반대편에서 열역학 제2법칙을 차분히 지켜 나간다. 인간의 마음이란 놈은 정말이지 기본 설계부터 수상하고 피곤한 것이다. 나는 호모사피엔스의 미래 진화 과제가 이쪽에 있다고 보지만.

불행히도 팀장과 나는 덜떨어진 호모사피엔스로서, 서로가 싫기 때문에 싫은 쪽에 서 있었다. 구제 불능으로 썩은 콩깍지를 끼고 서로를 쳐다보는 관계. 팀장은 무기력한 나를 미워하고, 나도 그 미움을 받아 팀장을 미워하고, 팀장은 나를 미워하므로 더 미워하는 악순환. 싫음과 더 싫음과 더더 싫음과 더더더 싫음의 무한 반사 놀이. 간단히 말해서, 악순환이었다. 미움의 로그함수, 무한대로 발산하는 끔찍한 엔트로피.

*

그러니까, 다시 아침. 영원히 아침. 호모사피엔스의 미친 취미로 이루어진 광기의 회사에서의 아침. 게임적 전능감으로 꽉 찬 사람들이 모여 만드는 판교의 아침. 늘 비슷한 시작이었다. 만둣집 찜통에서 김이 오르는 아침. 미생물과 버그들이 춤추는 아침. 경기 버스와 지각자들이 시간을 달리는 아침. 만두와 코드들이 밤새 불어난 아침. 옥상에서 벌들이 윙윙대는 동안 팀장은 이케아 나뭇잎 아래에 들어앉아 자기 연민을 하는 아침. 보안 공지가 불을 뿜는 아침. 그런 흔하고 새로우며, 새로우며 흔한 아침.

우리끼리 한번 봅시다, 이야기가 나와 멘토링 동지 박지혜와 한재환과 셋이서만 모여 보기도 했지만, 커피나 홀짝였을 뿐 별 결과물은 없었다. 우리가 해야만 하는 일은 줄줄이 있었지만 우리가 (자율적으로) 할 수 있는 일은 없었기 때문이

다. 다만 나는 그 자리 이후, 안 그래도 뭔가 이상하다고 생각했던 한재환을 진짜 이상한 사람이라고 생각하게 되었다. 왜인지는 알 수 없으나, 한재환은 손현진의 말투를 자꾸 따라 썼다. 부연하자면을 아무 데나 이유 없이 붙여 대는 것이 특히 그랬다.

그러거나 말거나 우리 셋에 각자의 팀장, 거기에 핫키 놈들 몇 명이 들어 있는 그룹 메일이 급조되었고, 그 메일에 손현진과 핫키들이 훅훅 던져 넣는 일거리들을 처리하는 식으로 문제의 멘토링 일은 구체화되었다. 그리고 일이 구체화될수록 사실 우리 셋의 포지션이 멘토라기보다 조교나 보육교사, 어미 캥거루에 가깝다는 것도 확실해지고 있었다. 손현진은 메일에서 자꾸만 클리어하세요:-) 클리어, 부탁합니다:-) 따위의 독특한, 제 딴에는 인사랍시고 붙였으나 실제로는 그저 푸시인 것을 덧붙여 댔다. 망할 메일이 올 때마다 나는 손현진을 클리어 파일에 처넣어 철제 캐비닛에 가둬 버리고 싶은 충동에 시달렸다.

*

출퇴근은 루프물의 꼭짓점으로 기능한다. 반복이 반복을 저버리고 어디로도 도망가지 않도록 그 윤곽을 꽉 틀어쥐고 있는 것이다. 그러고는 안에서 일어나는 지지고 볶음을 꿈쩍 않고 근성으로 받아 낸다. 매일의 출퇴근 반복에 저항하며 그것에 꽃 장식 달아 주는 것은 오직 광인들뿐이다. 출퇴근 중 목격되는 광인들과 업무 중에 강제로 만나게 되는 광인들. 전자가 수상한 차림과 꽃 단 태도로 우리의 시선을 끈다면, 후자는 특유의 욕망과 고집과 싸가지로 우리까지 머리에 꽃 달게 한다.

그즈음에 목격한 광인이 많고도 많지만 인상 깊은 자들을 회상해 보면 출근길 횡단보도에 홀로 우뚝 서 박수를 딱딱딱딱 치던 아저씨가 떠오른다. 웬만한 메트로놈 다 이겨 먹는 칼 같은 정박자였다. 그리고 분당선에 보았던 블링블링한 여자. 그는 눈두덩이가 아닌 눈 아래에 섀도우를 잔뜩 칠해 세상의 편견에 트윙클로 맞서고 있었다. 오른쪽 귀에 귀걸이 열두 개를 매단 채로.

그때 나는 참지 못하고 흠칫 놀라고야 말았으나, 다른 사람들은 참 평화로워 보였다. 교양 있는 사람들이 두루 쓴다는 현대 서울말을 구사하며, 본 것을 못 본 척할 줄 아는 사람들이었달까. 하지만 나는 그리 세련된 매너를 가진 자가 아니다. 딱딱딱딱 박자를, 아저씨와 멀어질 때까지 단화 굽으로 따라쳤고, 처음 보는 이의 오른쪽 귀를 하나 둘 셋 넷, 샅샅이 살

펴본 데다가 이렇게 굳이 회상하고 앉아 있는 게 나라는 인간이니까.

멘티들을 처음 만난 날 또한 생생하게 회상할 수 있다. 멘토링 첫날, 모여든 사람들로 시끌시끌할 거라는 예상과 달리 회의실은 아주 고요했다. 다들 휴대폰만 들여다보기 바빴다. 어쩔 줄 몰라 하는 분위기가 가득했다. 게이머들의 수줍음이었던 것 같다. 실내 공기는 일단은 쾌적한 편이었지만 아직 사춘기 특유의 쉰내를 완전히 벗지 못한 신체와 아직 빨랫감 다루기를 완전히 숙지하지 못한 미숙한 생활감이 만나 끔찍함으로 가득 차기까지 앞으로 서너 시간 정도 남았다고…… 나의 개코는 경고해 왔다.

나의 높고 성능 좋은 코의 경고 속에, 손현진 등등이 나타나 반가운 여러분을 위해 한마디 하겠다며 몇백 마디를 한 후, 그렇고 그런 자기소개가 시작되었다. 나는 여러분과 함께할 기획자 조유라라며 반갑다는 거짓말을 했고, 멘티들의 나이롱 박수를 받았다. 그 틈에 누군가 분명히 *와, 존나 커!* 외쳐 버린 것을 들었으나, 누가 말한 것인지는 알 수 없었다. 하루 이틀 일이 아니지만 짜증이 조금 돋았다. 왜 생각을 입 밖으로 함부로 내뱉는 것일까? 생각을 생각으로 그치는 법을 왜 모르는 것일까? 생각을 좀 더 좋은 방향으로 이끌어 가는 법에 왜 관심이 없는 것일까? 캐릭터 아티스트 박지혜의 자기 소개 때는 더 심했다. 지혜라는 이름에서 바로 리그 오브 레전드의 '혜지'를 연상한 멍청한 놈들끼리 서로 애잔한 소셜 사인을 주고받더니 더러운 동지애를 쌓으며 웃어 댔다. 이것은 단어 '똥' 앞에서 애새끼들이 무조건 까르르 웃어 대는 것과 정확히 같은 알고리즘을 타고 나온 것일 테다. 그런데 왜 이놈들에겐 주민등록증도 있고 투표권도 있고 몸에 숭숭한 털도 있을까. 이럴 때 무엇을 해야 좋은지 정확한 매뉴얼이라도 있으면 좋겠다. 불이 나면 119, 경찰 신고 112, 간첩 신고 111. 그런데, 혜지에 웃으면?

*

내가 지금 학기말의 훈훈한 교무실에서 생활기록부를 작성 중인 참교사라면, 자식 또래 젊은 사람들이 지나가는 것만 봐도 기특하고 가슴이 시큰해서 어쩔 줄을 모르는, 아들 군대 보낸 어머니라면, 아직 뽀송한 미자하를 곁에 앉혀 두고 싱글벙글한 위나라 왕이라면, 이렇게 말할 테다. 멘티, 그들은 절망이나 포기를 모르는 자신감 넘치는 사람들이었다. 승부욕이 있어 칠전팔기의 정신으로 지치지 않고 문제에 도전했다. 예의범절을 중시해 장유유서의 질서를 실천하고, 미지의 인생을 가장 효율적으로 개척해 나가기 위해 늘 고민을 놓지 않는 똑똑한 젊은이들이었다. 게다가 남다른 패션 센스를 겸비한 사람들이기도 했다.

그러나 나는 굳이 애써 가며 희귀한 참교사처럼 말하고 싶은 마음이 전혀 없다. 눈에 들어오는 모든 것을 함부로 기특하고 애틋하게 여겨 버리는 데 재능이 넘치는, 봄날 산에 올라 쑥 캐면서 오호호호 꽃미소 흩뿌리고 하산길에 야생화 사진을 찍어 SNS 프로필 사진으로 올리며 자연을 예찬하는 자애로운 여사님이 절대 되고 싶지가 않다. 미소년에 취미가 없으므로, 위나라 왕은 더 알 바 아니다. 나는 그냥 올해의 냉소 왕 대회 챔피언스 리그 진출자 조유라였을 뿐이다.

나는 매일 멘티들을 보면서 '게임적 전능감'이라는 단어를 생각했다.

그건 다섯 살짜리 꼬맹이 같은 것이다. 엄마! 엄마! 이것 봐! 외치며 그날 배운 품새를 CCTV 가득한 동네 놀이터에서 갑자기 펼쳐 보이는 꼬마 말이다. 애 가방을 대신 멘 채 그것을 쳐다보는 엄마는 너무 피곤하지만, 집중해서 보지 않으면 꼬마가 징징댈 것이므로 어떻게든 리액션을 해 주며 꼬마가 세상에서 제일 용감한 사람이라고 추켜세워야 한다. 꼬마는 더욱 신이 나서, 세상을 구하는 영웅에 스스로를 빙의한다. *내가 엄마를 구해 줄 거야!* 하지만 그곳은 그냥, 아파트 단지 안의 아주 안전한 놀이터일 뿐이고 악당은 당연히 없다. 만에 하나 무슨 일이 생긴다고 해도 악당을 분노로 한 방에 때려잡는 것은 한창 발차기에 심취한 꼬마가 아니라 그의 엄마일 것이다.

*

멘티들은 나를 유라키라고 (몰래) 불렀다. 풀네임은 유라브라키오사우루스. 멘티들보다 훨씬 큰 내가 그들이 쓰는 회의실에 들어가기 전에 언제나 까치발을 하고 목을 최대한 늘여서 안을 휘휘 둘러보았기 때문에 그런 별명이 붙은 것으로 추측한다. 내가 굳이 그렇게 내부를 늘 살피고 들어간 까닭은, 손현진의 예고대로 멘티 중에 그놈의 인플루언서가 있었기 때문이다. 유튜브에 게임 플레이 영상과 브이로그를 올리는 놈인데, 구독자 수가 꽤나 많았다. 손현진은 그놈을 더 살뜰하게 살펴야 한다고 멘토를 빙자한 조교이자 보육교사인 우리 어미 캥거루 세 마리를 마구 푸시했지만, 정말이지 그 망할 카메라와 휴대폰에 머리털조차 찍히고 싶지 않았던 나는 그놈의 렌즈들을 피해 다니느라 노이로제에 걸릴 지경이었다. 사진도 끔찍한데 동영상이라니. 거기다 전 세계 사람들이 볼 수 있는 유튜브라니.

아무리 조심해서 그 녀석이 어디를 찍고 있는지 살핀 후 재빨리 사각지대를 통해 회의실로 스며든다고 해도, 언젠가는 무방비로 찍혀서 박제될 것 같았다. 나는 매일 밤 잠자리에 들기 전 조마조마한 마음으로 그 녀석의 채널을 살피고는 했다. 그런데 남의 유튜브 영상을 통해서 보는 멘토링 현장은 희한하게도 아주 유쾌하고 즐거운 것이었다. 손현진이 뭘 기대했던 것인지 확실하게 이해됐다. 키코의 아름다운 회의실에서 게임을 좋아하는 젊은이들이 꿈과 희망과 열정을 펼쳐 가는 모습은 아주 그럴듯했다. 은근히 집중한 뒷모습들과 갈축 키보드가 경쾌하게 눌리는 소리를 경쾌하게 편집한 영상을 보면, 젊은 사람들만 보면 기특하고 가슴이 시큰해서 어쩔 줄 모르는 조국의 나이 든 여사님들의 감정이 조금은…… 아주 조금은 이해가 되기도 하는 것이었다. 없는 공깃밥이라도 퍼 주고 비타민 드링크라도 사 줘야 할 것 같은 그런 마음.

그러나 분명히 나는, 그 망할 멘토링에 억지로 낀 바람에 매일 혈압과 땀이 솟는 한 마리 유라키오사우루스였다. 그러면서 영상과 실제 냄새 분자를 철저히 분리해 주는 현대 과학기술에 감사하는 한 마리 유라키오사우루스이기도 했다. 더불어, 사실은 딱히 궁금하지도 않은 영상을 억지로 보고 자느라 아침이 되면 손으로 인공눈물부터 더듬어 찾는 신세가 된 멸종동물이자 안구가 건조한 유라키오사우루스이기도 했다.

*

나, 유라키의 다종다양한 불쾌와 상관없이 멘토링 프로그램은 그럭저럭 순항했다. 오전에는 핫키에서 자신들의 혈연, 지연, 학연으로 섭외한 강사들이 와서 게임 개발에 대한 수업을 했고, 오후에는 멘티들이 자기들끼리 미니 게임을 기획해서 만들었다. 사실 나와 박지혜와 한재환에게 맡겨진 일은 잡스러운 것이었다. 우리는 멘토 명찰을 단, 조교이자 보육교사이자 손현진이 강제로 채워 둔 캥거루 주머니를 찬 인간들이었으므로. 핫키가 귀찮을 법한 일과, 예스 팀 — 그러니까, 역시 놀랍게도 경영지원 팀을 말한다 — 이 애써 못 본 척하는 일을 챙겨서 하면 되었다. 핫키 섭외 강사들에게 되도 않는 질문을 전해 주고, 바뀐 커리큘럼을 전달해 주고, 커피가 떨어졌음을 알리고, 출입 키를 놓고 온 녀석들을 구제해 주고, 별 이유 없이 고장 난 장비와 멀티탭을 바꿔 주고, 냉난방을 챙겨 주고, 분실물을 처리해 주고, 근처 맛집과 카페를 추천해 주고, 건의 사항을 전해 주는 따위의 일들. 그리고 미니 게임을 만들다가 생긴 문제에 실무 경험자로서 조언을 해 주는 일.

나는 7층 내 자리와 멘토용 회의실을 부지런히 오갔다, 오메가 프로젝트 관련 일도 챙겨야 했으므로. 그래서 7층에서 집중해서 일하기는 힘들었지만, 그런 멘토링 잡일들을 처리하는 것에 딱히 짜증이 나지는 않았다. 어차피 일이므로, 담담하게 받아들이고 적당히 빨리빨리 처리해 치워 버렸다. 아무 생각을 하지 않으려고 노력했다. 하지만 멘티들의 사고방식 자체, 그것은 내가 어떻게 빨리빨리 처리해 버릴 수 있는 것이 아니었다. 그것에 대해서는 도저히 아무 생각을 하지 않을 수가 없었다. 그들은 나의 조언을 듣기 전에 나를 매우 검증하고 싶어 했고, 가르치고 싶어 했다. 그것은 나를 생각하게 만들었다, 아주 끊임없이. 머리가 아프도록, 몸이 피곤하도록.

유라 멘토님 요즘 무슨 게임 하세요?

음…… 주말에 「투더문」 했어요.

아, 진짜요. 어드벤처 좋아하세요?

아니요, 장르 보고 고르지는 않아요.

아, 진짜요. 그럼 어떻게 고르세요?

글쎄요, 느낌으로?

아, 진짜요. 멘토님 특이하시네요.

……왜요?

게임은 손맛이잖아요.

……그건 사람마다 다르죠.

에이, 키코는 일단 손맛이죠.

나는 손맛에 대한 빌어먹을 노잼 강의가 시작되기 전에 서둘러 그 자리를 떠나야 했다.

유라 멘토님 무슨 게임 좋아하세요?

저 「그리스」요.

그거 가성비 괜찮아요?

가성비…… 요?

네, 가성비.

아니. 가성비로 따지기엔…… 좀 그렇죠.

뭐가요?

가성비라는 거 자체가 좀…….

그럼, 스팀 세일 때 사셨어요?

네.

자, 그럼. 세일 안 해도 산다, 안 산다? 자, 골라 보세요.

그 역시 빠르게 뜨는 게 나은 자리였다. 주관식을 OX 퀴즈로 순식간에 바꾸어 준다는 점에서, 그렇게 좋아하는 '가성비'를 몸소 실천하는 녀석이기는 했다.

유라 멘토님 「산나비」 해 보셨어요?

네. 아트 좋던데요.

오, 멘토님 인정, 인정.

뭘요?

그 게임 많이들 모르거든요.

…………

그러니까, 인정. 인정. 역시 멘토님. 쌉인정. ㅇㅈ.

대부분 게임물관리위원회의 평가위원들보다 바쁜 것 같았다. 게임물뿐만 아니라 만물과 만사와 만인에 대해 자신만의 인정 여부를 판단하느라 늘 분주한 것 같았기 때문이다. 물론 진정 그 누구도 요청한 바 없는 무자격 무허가 검인정이었다.

유라 멘토님 게임 뭐 하세요?

요새 「고로고아」 요.

아, 여자들이 그런 거 좋아하죠.

……남자들이 주로 이렇게 말하더라고요.

네?

여자라서 고른 게 아니고, 원래 그런 게임 좋아합니다.

아하, 그러면 제가 좀 추천해 드릴게요, 일단 「러스티 레이크」, 요거부터 딱, 해 보시구요!

그렇게 멘토링 회의실은, 가짜 만물관리위원회와 가짜 만사평가위원회와 가짜 인사상벌관리위원회가 환장하는 삼각형을 꽉 채우게 구성하는 우월감과 인정 인정 ㅇㅈ의 공간이었다. 거기에서 그 누구도 궁금해한 적 없는 추천과 인도와 안내와 가르침과 설명과 지도와 자랑이 망할 놈의 부연을 타고 넘쳐 났다. 질식할 지경이었다.

*

그들의 사고를 떠받치는 거대한 기둥 두 개는 가성비와 서열이었다. 가성비는 거의 종교였고, 서열은 일종의 정치 작용이었다. 그리고 이 두 가지는 끔찍한 제정일치를 이루며 쌍둥이 보스몹의 역할을 했다. 그게 나를 잔잔히 돌게 했고, 한 번씩 화려하게 돌게 했다. 그들의 그 어떤 행동에도 산뜻하고 유쾌한 '그냥'이 없었다. 이득과 손해에 따라 사인 코사인 그래프를 어떻게든 움직여 가며 최적의 점을 탁탁 찍어 남보다 빠르게 최단거리를 지나가고자 하는 약삭빠름. 오전 강의 동안 가장 많이 나오는 질문은 *그래서 가장 효율적인 방법이 뭔가요? 그래서 제일 좋은 게 뭔가요? 그래서 제일 센 게 뭔가요? 그래서 꿀팁 하나 주신다면요? 만약에 딱 한 가지만 선택하신다면요?* 따위였다. 거의 모든 과정은 손해로 취급되었으나 그 결과는 무슨 수를 써서든 이득 또는 개이득으로 향해야 했다. 누구보다 특별한 자신이 아까운 시간과 교통비를 들여 와서 앉아 있으니 어서 꼭짓점의 좌표, 그 보상 아이템을 내놓으라는 그 이상한 당당함.

이득을 숭상하는 가성비 앞에 취향과 감각의 은근하며 은은한 자리는 없었다. 멘티들은 100원이라도 더 저렴하고 100밀리리터라도 더 양 많은 카페를 골라 다녔다. 대단한 사람들이기는 했다. 그 카페에서 종일 틀어 대는 끔찍한 음질의 몰개성적 케이팝과 이상한 존댓말 뒤집어쓴 과잉 친절을 깔끔하게 삭제하는 능력이 있다는 거니까. 이들에게 홀리 바이블이 있다면 아마 창세기 1장 대신 가성비 1장이 있을 것이고, 그것은 태초에 하나님이 천지를 창조하시니라 대신 태초부터 모로 가도 서울만 가면 되니라라고 시작할 것이다…….

한편 게임적 랭킹 개념과 조국의 나이 따지는 습속이 뒤범벅되어 또 다른 층위에서 괴이한 분위기가 주렁주렁 드리워졌다. 어차피 다 비슷한 또래들이니 하하호호 친구처럼 잘 어울릴 거라고 생각한 것은 완벽한 오산이었다. 덜떨어짐과 나대기 좋아함을 동시에 갖춘 놈의 주도 아래 생일에 따라 내림차순으로 서열화가 빠르게 이뤄졌다. 그러고 나서야 다들 운신의 폭을 넓히며 오히려 편안해하는 풍경은 기묘하기까지 했다. 가장 어린 학생은 스스로를 막내라고 칭하며 알아서 심부름을 하고 알아서 궂은일을 했다. 그는 관념 속의 싹싹한 막내 역할을 충실히 자발적으로 수행했고, 가장 나이 많은 학생은 갑자기 어흠, 여유로운 형님의 자세를 갖추더니 농경 사회 속 마을 정자 할아버지 같은 태도를 자연스레 수행했다.

물론 그놈의 나이적 랭킹의 잣대는 우리 멘토들에게도 쑥 들어왔다. 나와 박지혜는 떨떠름해하며 나이를 말하지 않았다. 그러나 자기가 가장 연장자임을 간파한 한재환은, 갑자기 몇 가지 비장의 아재 개그와 나 때는 말이야 일화를 뽐내며 농경사회 속 마을 정자로 어흠어흠 기어 들어가 상석에 양반다리를 하고 퍼질러 앉아 버리는 것이었다.

이후 우연한 기회로 나와 박지혜의 나이가 알려졌는데, 알려진 즉시 역시 나이 많은 게 부끄러워서 안 알려 줬다, 역시 기혼에 임신 중인 아줌마라서 말 안 했다는 근거 없는 태그가 철썩 들러붙었다.

그렇다면 이 가성비 마니아들이 도대체 왜 시간과 돈을 들여 게임을 할까? 나는 그것에 대해 잠깐 의문을 갖기도 했지만 곧 팀장이 알려 준 우월감이라는 마법의 단어를 기억해 내고는 게임의 이유를 납득했다. 서열의 꼭대기에 서고 싶은 마음을 가성비 넘치게 채워 주는 것. 가성비와 서열의 황금 크로스, 그것이 손맛 좋은 키코식 게임이었다. 오전 수업 동안 강사가 *가장 효율적인 방법이 뭔가요? 제일 좋은 게 뭔가요? 제일 센 게 뭔가요? 꿀팁 하나 주신다면요? 그중에 딱 한*

가지만 선택하신다면요? 에 대한 폐부를 찌르는 대답—꼭 폐부를 찔러야 한다, 길면 괜찮은 대답으로 인정받을 수가 없다—을 던져 주면, 장내는 *인정 인정 쌉인정 ㅇㅈ*으로 술렁였다. 그렇게 인정이란 것이 동작해야 *대단하시다*라는 이야기를 들으며 그 습자지 같은 믿음과 신뢰 위에서…… 본격적으로 수업을 풀어 내는 게 가능해졌다. 누구도 그들에게 결재 도장을 쥐여 준 적이 없으나, 어디서 구한 것인지 알 수 없는 ㅇㅈ 도장을 들고 다니며 여기저기 찍어 대는 꼴은 정말 괴이했다. 괴이하고 또 괴이했다…….

*

멘토링 초반에는 500원짜리 고무지우개를 때 낀 손톱으로 후벼파 만든 것 같은 그 ㅇㅈ 도장을 나에게도 찍을까 말까 호시탐탐 엿보는 꼴에 속이 뒤집히기도 했다. 하지만 사실 애초에 내 몫의 ㅇㅈ 도장은 없었다. 나는 게임을 못 하기 때문이다. 유라키오사우루스가 게임을 못 한다는 사실은 나의 형편없는 「리그 오브 레전드」 티어와 엉망진창의 키코 게임 개인 계정 상태와 함께 빠르게 알려졌다. 멘티들이 나를 보는 눈빛이 확연히 달라졌고, 은근히 가르치려 드는 치들까지 있었다.

그러거나 말거나, 어쨌든 나는 멘토였기 때문에 멘티들의 작업을 지켜봐야만 했다. 그들의 기획은 놀랍게도 비슷했다. 키코 게임의 열화 버전들. 만인의 만인에 대한 투쟁이 가득한, 그렇고 그런 싸움질 게임들이었다. 비행기와 원시인과 좀비와 외계인과 고대 생물 따위가 서로를 박살 내려고 달려드는 것. YOU DIED를 향해 모든 캐릭터들이 돌진하는 것.(도대체 왜? 하지만, 물론 왜는 없고. 그것은 이번에도 최고 존엄의 감정, 우월감의 파생상품일 테고.) 나는 그 어떤 것에도 흥미를 느끼지 못했다. 그래도 없는 조언 부스러기라도 긁어 내어 멘티들에게 어떻게든 뭐라도 쥐여 주어야 했다. 그래서, *결국 이런 게임은 조작감이 중요해요, 점프 구현은 어디까지 생각 중인가요, 의외로 이런 게임은 사운드가 중요합니다,* 고증에 *신경 쓸 생각인가요*…… 따위의 어디다 갖다 붙여도 말이 되지만 결국에 의미 없는 하찮은 소리를 반복해 댔다. 텅 빈 캥거루 주머니를 뒤져 억지로 긁어 낸 먼지 같은 말들이었다.

싸우기 때문에 싸우고, 싸우므로 싸우는 싸움의 싸움의 싸움으로 구성된 싸움의 무한대로의 발산. 현실에서는 한 주먹거리인 녀석들이 만드는 픽셀 싸움을 지켜보며, 휘휘 리미트 파리채를 저어 대는 늙은 수퍼마켓 주인이 된 것 같은 기분을 느끼던 오후였다.

싸움 없는 게임을 들고 온 녀석이 딱 하나 있기는 있었다. 동그라미 세상에서 네모가 모험을 한다는 설정의 플랫포머였다. 처음엔 평화로운 게임이라고 생각했다. 하지만 기획한 녀석에게 물어볼수록 그것은 정신 나간 게임이었다. 차라리 YOU DIED가 훨씬 건강하다 싶은 이상함과 잘못됨.

특이하네요. 굳이 동그라미와 네모를 나눈 까닭이 있나요?

네. 원래는 동그라미만 지나갈 수 있는 세계인데, 주인공 네모가 쿵쿵대면서라도 어떻게든 맨 끝까지 가는 게임이에요.

음…… 플랫포머가 원래 어떻게든 맨 끝까지 가는 게임이잖아요. 그런데 굳이 네모가 주인공일 필요가 있나요?

이거는 장애를 상징하는 거예요.

……장애요?

네. 장애가 있더라도 노력을 하면 얼마든 성공할 수 있다는 걸 보여 주는 거죠.

노력…… 이라고요…….

네. 그래서 맨 끝까지 가면 동그라미들이 환호하는 장면이 나와요. 수고했다고.

…….

멘토님?

음…… 그러니까 장애를 딛고 노오력을 해서 비장애인들에게 인정을 받는…… 게임이라는 거네요.

그렇죠, 그거죠.

그게…… 이상하다는 생각은 안 드나요.

뭐가요?

하…… 제가 어디부터 말씀을 드려야 할지 모르겠는데요. 일단, 장애 같은 주제는 고민을 많이 해야 해요.

네, 저 생각 많이 했는데요?

나는 그날 퇴근 직전까지 그게 왜 이상한 기획인가에 대해 설명했다. 퇴근하는데 목이 칼칼한 것이 느껴졌다. 말을 너무 많이 했던 것이다. 입사 이래 그렇게 말을 많이 한 적이 없었다. 그러나 아무리 설명해도 그는 노오력과 장애와 인정이 결코 연결될 수 없다는 것을 이해하지 못했다. 더 정확히 말하자면, 받아들이고 싶지 않은 것 같았다. 대신 눈을 동그랗게 뜨고서 약육강식이란 것은 너무 당연한 세상의 진리라고 항변했다. 언제든 어디서든 자신이 강한 쪽에 서 있을 거라고 믿는 그 자신감. 강한 쪽에서 육식을 실컷 할 수 있을 거라고 굳게 믿는 그 자신감. 나로서는 도저히 그 근거도, 출처도 짐작이 안 되었던 자신감. 그건 대체 무엇이었을까……

나는 누군가가 근 30년 동안 쌓아 올린 슬픈 사고방식까지 케어해 줄 만큼 한가하지는 않았으므로, 멘토의 없는 권력을 쥐어짜 내어 강제로 그 망할 설정을 버리도록 만들 수밖에 없었다. 대신 캐릭터가 아닌 맵에 장애를 내는 선에서 기획을 바꾸기로 합의를 보았다. 게임 속 세상에 인터넷 장애가 나서 화면이 무너진다든가, 중력과 자기장에 문제가 생겨 갑자기 맵이 회전한다든가 하는 식으로.

*

그 사건 이후, 게임 못 하는 불쌍한 유라키오사우루스는 게임도 못하는 주제에 쓸데없이 고집을 세워 남의 기획을 휘두르는 성격 나쁜 유라키오사우루스가 되어 버렸다. 쥐라기의 행복한 브라키오사우루스는 무리 생활을 하는 온순한 성격의 공룡, 거대한 파충류로 나뭇가지와 잎을 하루에 300킬로그램씩 냠냠 먹어 치웠다지만, 현대의 불행한 유라키오사우루스는 왕따 생활을 하는 더러운 성격의 인간, 거대한 영장류로, 만성적인 소화불량에 시달린다.

유라키와는 다르게 박지혜와 한재환은 인기가 좋았다. 충분히 그럴 만했다. 그들의 티어는 엄청났고, 게임 실력은 화려했고, 개발 경험도 나보다 훨씬 많았으니까. 박지혜와 한재환은 멘티 무리로부터 인정, 인정, ㅇㅈ을 받았고, 저 구름 너머의 서열에 안착했다. 외로운 나, 유라키가 고작 멘티들이 아트와 사운드 에셋을 혹시 불법 다운로드하지 않았는지 걱정해

살피는 동안, 한재환은 버그의 원인을 뚝딱 발견해 주었고. 고독한 유라키가 온갖 고민을 거친 끝에, *그럼…… 혹시 중력을 0.2초 정도 건드리는 게 어떨까요?* 조심스레 이상한 제안을 하는 동안, 박지혜는 머릿속의 커다란 게임 북을 활짝 펼치고 *그거! 철권! 대점프! 그것처럼!* 신나게 외치며 누구나 바로바로 떠올릴 수 있는 예시를 찾아 주었다.

그래도 가장 인기가 많은 것은 한재환이었다. 나와 박지혜가 없을 때 모두가 한재환과 그의 휴대폰을 중심으로 머리를 맞대고 모여 열광하는 모습이 꽤 여러 번 목격되었다. 그런데 그럴 때 유라키오사우루스나 박지혜가 나타나면 다들 눈치를 보며 아쉬움 속에 자리로 돌아가고는 했다. 나는 한재환이 오메가 프로젝트 비공개 영상 따위를 몰래 보여 주며 멘티들에게 유치한 자랑질을 했으리라고 짐작했다. 하루가 멀다 하고 내려오는 보안 공지가 그 증거였다. 아침마다 기계적으로 공지를 클릭하고 치우면서 나는 속으로 한재환을 욕했다.

멘티들 눈에는 키코에서 비밀 프로젝트를 수행 중인 게임의 신 한재환이 정말 멋있게 보였을 것이다. 심지어 손현진을 따라 하느라 한재환이 쓰는 표현, 부연하자면을 멘티들까지 따라 쓰는 것이 자꾸 귀에 들렸다. 헐, 대박, 기분 개좋아, 개이득. 딱 네 가지로 호모사피엔스의 모든 희노애락애오욕을 표현하며 더없이 경제적인 언어생활을 이어 가던 멘티들이 갑자기 부연하자면을 줄줄이 엮어 말하는 것은 하나의 진풍경이었다.

유행을 따라 나도 부연해 보자면, 한재환은 점심이나 퇴근 후에도 회의실에 자주 들러 멘티들과 스스럼없이 어울렸다. 그들이 삼삼오오 모여 함께 모니터를 들여다보는 모습은 매우 좋아 보였다. 쉴 새 없이 쾌한 폭소가 터졌다. 멀리서 보면 그건 너무나 건전한 청춘드라마의 한 장면 같았다. 가장 좋아하는 일을 자신의 업으로 삼기 위해 노력 중인 젊은이들의 초상. 그건 지난 세기에 멸종한 드라마 시리즈 「카이스트」나 「광끼」의 복각판 같은 느낌을 풍기기도 했고, 인기 많았던 「하이킥」 같은 시트콤에 가끔씩 찡하고도 풋풋하게 들어 있던 청춘 삽화처럼 보이기도 했다.

그러나, 여기서 한 번 더 부연하자면, 그런 밝음, 젊은이, 희망 어쩌고는 그 방을 멀리서 슬쩍 지나갈 때만 느낄 수 있는 것들이었다. 다시 부연하자면, 그 방의 모든 소리를 음소거시키고, 그 방의 모든 냄새를 탈취시켰을 때에만 느낄 수 있는 것들이었다는 뜻이다. 어쨌든 그 복각판은 연말 특집으로 스케줄 남는 연예인들을 급조해 만든 마이너 버전, 그 삽화는 인기 시트콤에 정부 기관이 갑작스레 협찬과 협조라는 이름으로 숟가락 들고 난입했을 때 나올 법한 공영방송 스타일의

촌티 나는 다운그레이드 버전이었기 때문이다.

한재환은 멘티들과 함께 내기와 게임을 참 자주 했다. 물론 나는 그런 취미가 없었고, 그럴 성격도 못 되었다. 멘티들은 음료수 내기나 캐주얼한 보드게임에서도 큰 재미를 느껴 열과 성을 다하는 치들이었다. 그러다 마지막 결과를 두고 아슬아슬한 상황이 발생하면 *나만 아니면 돼! 나만 아니면 돼! 나만 아니면 돼!*를 폭소 속에 구호처럼 서로가 서로에게 외쳐 댔다. 만인이 만인에게 외치는 *나만 아니면 돼!*가 사방 벽을 타고 울리던 것. 나는 그게 왜 그렇게까지 싫었을까? 그 게임의 당사자도 아니었으면서. 그러다가 마침내 누군가 꼴찌가 되어 머리를 감싸 안는 모습을 보면 왜 그렇게까지 기분이 또 별로였을까? 몇 초 전까지 열정적으로 *나만 아니면 돼!*를 외치던 그 꼴찌가 여전히 계속해서 낄낄 웃고 있었는데도. 서열을 끊임없이 가성비적으로 점검하며 외쳐 대는 인정 인정 ㅇㅈ이라는 단어가 나는 왜 그렇게 후지게 느껴졌을까? 인정, 두 글자를 들으면 다들 만족하고 안심하는 것처럼 보였는데도. 그런 외침과 웃음도 게임에 대한 둥그런 순정인 걸까. 나는 그것이 여전히 궁금하다.

그러니까, 마지막으로 부연하자면, 문제는 나에게 있는 것이었을 테다.

*

사람은 자기가 좋아하는 일을 하면서 사는 게 맞다. 그건 훌륭한 일이다. 정말로 복된 일이다. 크게 복된 일이다. 그럼 나는 어떻게 해야 할까. 어떻게 해야 했을까.

내 인생 최악의 면접 중에 하나는 출판사 면접이었다. 면접관들은 주량은 얼마인가, 사재기를 해야 하는 상황이 오면 어떻게 할 것인가 하는 무례한 질문을 질겅대며 했다. 그런 힘들고 고약한 질문도 할 줄 아는 자기 자신이 기특해 죽겠다는 듯이 푸들푸들 웃으면서. 사회성이 지금보다도 더 없던, 뭐든 질끈 웃어넘기는 법이 없던, 확실하게 어리고 확실하게 선명하고 확실하게 똑똑하며 확실하게 멍청했던 나는, 그때 면접관들에게 호통을 쳤다. 내 안에서 깐깐한 딸깍발이가 밀문을 박차고 탁 나오는 것이 느껴졌다. 다 찌그러진 갓을 쓴 그가 준엄하게 소매를 떨치고 일어나 그 무엄한 아저씨들한테 막 호통을 쳤다.

나는 그날 면접장을 나와 딸깍발이와 손을 잡고 학교 앞 강가에 갔다. 거기를 걸었다. 맑은 코를 번갈아 가며 흘렸고, 그걸 서로의 소매에 닦아 주었다. 딸깍발이 아가씨가 잠깐 벗어 놓은 나막신이 반질해 보였다. 우리는 거기에다가 소주를 꿀렁꿀렁 부어 나눠 마셨다. 짭짤하고 시큼하고 이상했는데,

별로 달지는 않았다. 면접장에서 이상한 사자후를 내지른 딸깍발이 녀석의 갈라진 목에 소주가 촉촉하게, 빠르게 스며들었다. 아가씨는 금세 딸꾹딸꾹 취했다. 나는 그 녀석을 배 속에 다시 담았다. 그는 내 갈비뼈에 걸터앉았다. 아가씨의 퍼런 맨발이 흔들거렸다.

나는 호쾌하게 상쾌하게 씩씩하게 도심의 강가를 걸었다. 그렇게 애를 씀으로서 약간은 장쾌한 척 시원한 척할 수 있었다. 하지만, 사실은 실패했다는 것, 그게 진짜 영웅호걸의 태도는 아니라는 것을 나는, 우리는 잘 알았다. 나의 딸깍발이, 빨간 코 아가씨가 고개를 돌려 나를 근심스럽게 바라보았다. 그러다가 곧 배 속으로 들어가 누웠다. 그는 구멍 난 밀문을 반쯤 열어 놓고서, 도로롱도로롱 코를 골며 잠을 잤다. 나는 여기저기 구멍 난 기분을 끌어안고서 걷고 또 걸었다. 배 속에서 취한 아가씨가 뒤척일 때마다 나막신이 딸깍딸깍했고, 시멘트로 멋없이 처바른 도시의 강가에서 내 구두도 같이 딸깍딸깍했다.

이 딸깍발이 아가씨는 도대체 어디에서 묻어 온 친구일까? 이 친구는 무얼 하면 좋을까? 이 가련하며 정신이 나갔으나, 아름답고 빳빳한 친구는 무얼 할 수 있을까?

학교에서 나는 무엇을 배웠나? 글쓰기와 인간에 대해서 배웠다. 윤리와 도덕에 대해서 배웠다. 정신이 춤을 추는 것을 느끼는 법을 배웠다. 춤들이 서로를 꿰고 잇고 떨아져 내리는 순간들을 보았다. 그것들이 손가락 사이로 모래처럼 흩어져 내리며 반짝, 하는 것을 보았다. 나는 그것을 사랑했다. 나의 스파크.

하지만 키코에서 그것들은 전부 오래된 껌처럼 고약하게 엉겨 버렸다. 나는 그것을 신발 밑창에 달고 걸었다.

*

문제의 멘토링은 별다른 큰 이벤트 없이 무난하게 마무리되었다. 멘티들 모두가 나쁘지 않은 미니 게임을 완성하는 데 성공했다. 대동소이한 게임들이었다. 그들은 그걸 앞으로 자기소개서에 요령껏 부풀려 기재할 것이었다.

그런데 수료식 직전, 내 목을 쉬게 만들었던 그 장애 플랫포머 게임이 갑자기 엄청난 주목을 받아 버렸다. 나도, 박지혜도, 한재환도, 끝끝내 노오력과 장애와 인정의 잘못된 관계성을 깨닫지 못한 불쌍한 멘티 학생도 그 게임이 성공할 거라고 상상조차 하지 못했지만, 성공해 버렸다.

그 성공에는 인플루언서 학생의 공이 컸다. 그런 것이 핫키 팀 손현진의 빅픽처였을까.

인플루언서 학생이 그 게임을 켜 놓고 잠시 배달 음식을 받으러 나간 사이, 방에 몰래 들어온 그의 반려묘가 뽀송뽀송한 앞발로 키보드를 탁탁 쳐서 얼떨결에 야옹야옹하며 플레이하는 (것처럼 보이는) 모습이 우연히 녹화되었고, 그게 SNS에서 폭발적인 인기를 끈 것이 시작이었다. *우리 고양이도 할 줄 알아요, 우리집 멍멍이도 해 봤답니다.* 갑자기 반려묘와 반려견의 앞발을 붙잡고 게임하는 자랑 영상이 쏟아졌고, 그게 하나의 인기 챌린지이자 유명 인터넷 밈이 되어 버렸다. #게임하는애옹이 #고양이게임 #천재냥 #강아지게임 #게임하는멍멍이 #우리집천재견. 대체 그 게임의 어느 지점이 전국 냥님들과 개님들의 마음을 사로잡았는지 지금도 너무 궁금하다. 정말이지 이 시대는, 정말이지 알 수 없는 시대라서.

마케팅에 대성공한 손현진은 기뻐 날뛰었다. 그가 그렇게 원하던 그놈의 '클리어'가 터진 것이다. 테트리스의 기다란 막대 블록처럼 하늘에서 내려와 짜릿한 연속 콤보와 보너스를 선물해 준 전국 냥님과 개님의 기다랗고 뽀송한 앞발. 그 신나는 '콤보', '보너스', '클리어.' 이후는 핫키에서 알아서 담당했다. 과정이 어땠고 누가 거두었든지 간에, 일단 수확에 성공한 홍시며 대추는 늘 핫키의 몫이 되는 것이 키코게임즈의 율법이니까.

그렇게 수료식도 다 끝난 후였다. 평소처럼 커피를 사러 지하 카페에 슬쩍 내려갔다가 장안의 핫이슈, 장애 플랫포머를 개발한 멘티 학생을 발견했다. 머리와 옷에 힘을 잔뜩 주고는 누군가를 기다리고 있는 눈치였다. 녀석의 두툼한 목에 걸린 방문자용 목걸이가 산만하게 흔들리고 있었다. 놈이 불안하게 다리를 달달달 떨어 대고 있었기 때문이다. 과하게 긴장한 모습을 보자 약간 안쓰럽다는 생각이 순간 들어 버렸다. 마음속에서 봄날 쑥 뜯는 여사님이 기어이 일어나 버린 잘못된 순간이었다.

잘 지냈어요?

아, 예, 안녕하세요.

키코 피플 인터뷰한다더니, 오늘이에요? 축하해요.

아, 예, 감사합니다.

어때요? 엄청 떠는 것 같은데요? 하하.

예, 뭐. 아니, 뭐. 괜찮습니다.

긴장 풀어요. 그냥 키치하게…… 캐주얼한 느낌으로. 하여간 키치하게 만들었는데, 잘됐다고. 솔직하게 말하면 될 거예요.

키치……요?

나를 쳐다보는 멍한 눈빛을 보니 이 녀석은 키치가 뭔지 모르는 모양이었다.

아…… 그러니까…… 키치가 뭐냐면요. 음, 쉽게 말하자면, 일종의…… 어…… B급이랄까 그런 건데요.

저는 그런 단어 들어 본 적 없는데요?

내가 애매하게 설명을 시도하는 동안 정신을 차린 멘티가 갑자기 정색하면서 뾰족하게 물었다. 떨던 다리를 멈추고 비딱하게 구겨 뒀던 허리를 꼿꼿이 펴 몸을 부풀리면서. 게임적 전능감에 젖은 놈들의 문제가 바로 이런 것이다. 자기가 경험한 것이 세상의 전부라고 굳게 믿는 것. 한숨이 나왔다. 그저, *있어요. 많이 쓰는 단어인데…… 검색해 봐요.* 씁쓸하게 말하고 그 자리를 떠나 7층 내 자리로 올라갔다. 괜히 나름 멘토랍시고 쓸데없이 친절하게 말 붙인 것을 후회하면서. 눈치 없이 홀로 따뜻한 여사님을 다시 시베리아 벌판으로 내쫓고, 함부로 많은 것이 돋아난 봄 동산에 제초제를 치면서.

그 녀석의 인터뷰는 며칠 뒤 올라왔다. 그걸 보자마자 나는 문자 그대로 박장대소했다. 첫 문장부터 아주 대단했기 때문이다. 키치라는 것, 여러분은 아시나요? 키치란 쉽게 말하자면 B급, 병맛 같은 것입니다. '부연'하자면요, 블라블라블라. 다리를 달달 떨어 대던 놈은 완벽히 사라지고 없었다. 지저스! 내가 떠나기만을 기다렸다가 허겁지겁 휴대폰을 꺼내 들고 네이버의 어떤 블로거 덕분에 지식 스킬을 +1하는 데 성공했을 그놈은, 순식간에 거의 키치 전공 박사님에 빙의해 신나게 잘난 체를 해 댄 것이다. 도대체 어떻게 그럴 수 있을까? 그 또한 게임적 전능감의 (잘못된) 축복이 아닐까 한다. 그 비대하게 출렁이는 트랜스지방 같은 자신감. 딱히 부연할 필요도 없이, 안 그래도 험한 이 세상에 너무도 유해하게 작용하는 것.

*

핫키에서는 곧이어 멘토링 2기를 급조했다. 오메가 떨거지들을 데려다가 우당탕탕 시작한 파일럿 프로그램이었지만, 2기부터는 완전히 핫키에서 담당하는, 핫키를 위한 프로그램이 되어 버렸다. 그을린 말상, 대표의 적토마 손현진은 그 탁월함을 인정받아 더 승승장구했다. 그가 새 멘토링 프로그램에서 인플루언서 학생 비율을 확 높인 것은 모두가 예상한 바였다.

박지혜는 예정대로 아이를 낳으러 떠났고, 한재환은 핫키의 묵인과 환대 속에 멘토링 교실에서 사랑받으며 날아다니는 모양이었다. 여전히 조금씩 정보를 흘리며 아는 형님 놀이를 하고 있을 것이다. 카메라 싫어하고 게임 못 하는 나는 눈치껏 빠져나와 유라키오사우루스에서 은퇴했다. 유라키의 후련한 멸종! 마지막으로 1기 완료 보고를 준비하는 잡일을 하면서도, 거기에 내 이름 대신 핫키 이름이 새겨지리라는 것을 짐작하면서도, 나는 정말 시원했다. 멘토링이 끝난 게 얼마나 좋았는지 모른다. 나는 7층으로 완전히 복귀했다.

7층은 변한 것이 없었다. 오메가 프로젝트는 여전히 라이브 목전에서 지지부진하고 있었다. 이케아 나뭇잎 아래에 숨어든 팀장의 슬픔과 나에 대한 미운털은 물론, 불 뿜는 보안 공지도 여전했다. 억지로 힘을 냈다. 라이브만 되면, 그리고 어느 정도 안정화만 되면 바로 떠날 생각이었으니까. 좋은 게임, 감각적인 게임 만드는 데로 어떻게든 옮겨 갈 생각이었으니까. 어떻게든 아름다운 것을 하러 갈 생각이었으니까.

'조금만 참자, 조금만 참자, 조금만, 제발 조금만…….' 매일 주문 외우듯이 중얼거리며 만둣집을 돌아, 버스에서 후다닥 내려, 사원증을 말아 쥐고 엘리베이터로 뛰어드는 일상이 반복되었다. 악마가 말아 피우기 좋도록 지구를 가루 내어 바치는 음악을 들으며.

*

그날은 이상하게도 평소보다 두 시간 넘게 일찍 깬 날이었다. 아침 잠이 많은 나로서는 매우 놀라운 일이었다. 심지어 몸이 가뿐하고 정신이 맑았다. 한 주의 피로가 슬슬 뭉치는 수요일인데도 그랬다. 북향 창을 바라보니 그대로 누워 있기에 아까울 정도로 날씨까지 아름다웠다. 일어나서 난데없이 청소를 했다. 부직포 밀대로 바닥의 먼지와 머리털을 치웠다. 갑자기 괜히 생전 안 닦던 창틀도 닦았다. 그리고 빨래를 했다. 흰 빨래부터 할까, 검은 빨래부터 할까 고민하다가 양이 더 많아 보이는 검은 빨래부터 했다. 좋은 날씨에 이타심과 자비심이 가득해진 나는 명품 콜라보 한정판이라는 동생의 프린트 티셔츠를 뒤집어 세탁망에 넣어 주기까지 했다. 언제나 하는 고민이지만, 그날도 줄무늬 옷은 과연 흰 빨래인가 검은 빨래인가 고민하다가 그냥 같이 세탁기에 집어 넣었다.

상쾌했다. 씻고 선크림을 바르고 커피를 마시며 빨래가 다 되기를 기다렸다. 세탁기가 다 돌아가면 널어 놓고 출근할 계획이었다. 그런데 갑자기 LCD 창에 에러 메시지가 출력되더니 세탁기가 우당탕탕 멈춰 버렸다. 경고음이 울리는 가운데 드럼 창 안으로 거품 물이 출렁대는 것이 보였다. 세탁기를 껐다가 켰지만 같은 단계에서 같은 증상이 반복되었다. 몇 번을 씨름하다 보니 나갈 시간이 지나 있었다. 슬슬 짜증이 올라왔다. 비눗물에 푹 젖은 옷가지를 내팽개치고 나가 버리기엔 동생의 비싼 옷이 신경 쓰였다. 물빠짐도 걱정됐다. 결국 휴대폰을 들고 오전 반반차—어차피 몇 배의 야근으로 채우게 될 매우 의미 없는—를 신청하면서, 팀장에게 죄송하다고 굽신대는 메시지를 보냈다. 그리고 젖은 옷을 하나씩 건져내 손빨래를 했다. 욕이 나왔다. 미쳤다고 괜히 일찍 일어나서 안 하던 짓을 해 생고생을 하다니.

한참 빨래를 하다 메신저를 보니 팀장은 읽기만 하고 대답이 없었다. 답장 하나는 빠른 사람인데 이상했다. 운전 중일까? 간신히 모든 것을 정리하고 나니 팔다리가 후들거릴 정도였다. 낮은 세면대 때문에 허리가 끊어질 것 같았다. 팀장은 그러고도 한참이나 있다가 답장을 보내왔다. 알겠습니다. 출근해서 저랑 이야기 좀 합시다. 유난히 딱딱한 말투였다. 무슨 일일까. 전날 내가 한 일을 떠올려 보았지만 딱히 책잡힐 것은 없었다. 시계를 보니 반반차를 냈음에도 그새 남은 출근 시간이 빠듯했다. 출근 피크 시간이 지난 지 한참이라 버스며 전철 배차 간격도 길어져 있을 터였다. 망할 빨래를 하느라 젖어 버린 옷을 갈아입으면서 택시를 불렀다. 현관문을 나서면서 보니 베란다에 널어 둔 시커먼 빨래에서 물이 뚝뚝 떨어지고 있었다.

*

팀장의 표정은 매우 좋지 않았다. 딱히 좋은 적이 없기는 했지만, 그날따라 더. 인사도 받는 둥 마는 둥 했다. 점심을 먹고 아직 들어오지 않은 건지 팀원들도 아무도 없었다. 그 시각이면 다들 앉아서 마지막 커피 한 모금을 삼키며 하품하고 있을 때인데 뭔가 이상했다.

유라 님. 저기…… 쪽방 회의실 잡아 놨습니다. 캘린더 보고 이따가 오세요.

담뱃갑을 말아 쥔 팀장은 그의 캐노피를 벗어나 자리를 피했다. 뭘까. 무슨 일일까. 할 말이 뭐길래 우리가 쪽방이라고 부르는 그 창고 같은 회의실까지 잡았을까. 그 작은 회의실은 마가 꼈는지, 좋은 일이 있던 적이 없는 곳이다. 다들 암묵적으로 그 회의실 사용을 피했다. 본격적으로 불안해졌다. 출근 체크만 해 놓고 일단 화장실에 가는데, 해피 팀 주영인이 애매한 동선으로 나를 피해 가는 게 느껴졌다. 손을 씻으며 지난 몇 주를 복기해 보았지만 도대체 기억나는 일이 없었다.

*

준공검사 후 불법 개축된 소방법의 사각지대이자 거의 모든 흉흉한 사건의 시발지인 쪽방 회의실에는 온갖 물건들이 가득했다. 한때 스프린트에 빠진 대표의 지시에 따라 대량으로 사들였지만 더 이상 쓰지 않아 다들 눈치 보며 슬금슬금

갖다 치운 화이트보드가 몇 겹으로 쌓여 있었다. 포장을 뜯지도 않은 마커 펜과 포스트잇, 건전지도 몇 박스였다. 거기에 이런저런 행사나 런칭 때마다 제작한 단체 티셔츠 샘플로 눈이 어지러웠다. 키코 로고 조형물도 한가득이었다. 우리 눈에는 다 똑같아 보였지만, 디테일이 엄연히 다르다며 대표가 몇 번씩이나 다시 제작하게 한 것들이었다. 그리고 그 모든 것들 틈새에서 사람을 불안하게 만드는 툭툭툭툭 소리가 초 단위로 미세하게 흘러나왔다. 배터리 커버 나사 부분이 망가진 채 방치된 타임타이머에서 나는 소리였다.

그렇게 물건이 많은데도 이상하게 황량한 느낌을 준다는 것이 그 쪽방 회의실의 기묘한 점이기도 했다. 천장이 높아서 그런지 사방 벽을 채운 물건들에도 불구하고 사시사철 묘한 찬바람이 감돌던 쪽방 회의실. 타임타이머의 체크 속에 먼지 쌓인 정물이자 화석이 되어 가고 있는 키코의 것들이 왠지 섬뜩하게 느껴졌다. 그때 갑자기 코에서 뭔가가 흘렀다. 코피인 줄 알고 깜짝 놀랐지만, 다행히 맑은 콧물이었다. 코를 닦으며 그 오소소한 쪽방에서 두리번대고 있을 때, 어디선가 익숙한 담배 냄새가 풍겨 왔다. 그리고 굳은 표정의 팀장이 소리도 없이 들어왔다. 팀장의 때꾼한 모습. 그 누런 피로. 그리고…… 팀장은 나에게 웬 태블릿 하나를 조용히 내밀었다. 거기에는 기가 막힌 것이 한가득 있었다.

KK 다니는 혈육 썰 푼다ㅇㅇ / 개같은 키코 개같이 멸망 앙망 / 기고원 형님네 썰 feat.내부피셜 / ㅋ1ㅋㅗ업데이트썰 (펑 예정) / ㅋ1ㅋㅗ신작 ㅅㅌㅊ인듯 (지인피셜) / 나 KK에 혈육 있는데ㅋㅋㅋㅋㅋ존웃ㅋㅋㅋㅋㅋㅋㅋㅋ / 기고원 형님 레알 힙스터 아님?ㅋㅋㅋㅋ도른자ㅋㅋㅋㅋ / ㅅㅂ미치갱이들 ㅋㅋㅋㅋㅋ 그 미소녀 헨타이는 고원네 아니라니깐 형이 몇 번을 말함?/ 정병러들을 위한 정병 게임 키-코 ㅇㅈ? / 코one 형님네 신작 정보 feat. 절친 / ㅋ1코one 형님 이벵 충성충성충성…… / 키코 월급 생각보다 안 많음 증거 있음ㅇㅇ / ㄱㄱㅇ네 입사 꾸르팁 / 기고one 도라이 썰 또 하나 푼다 (인증ㅇㅇ) / 키코 가챠 돌리느니 로또가 나은 증거.jpg / ……

캡처는 끝이 없었다. 손에 힘이 탁 풀렸다. 팀장이 뭐라고 계속 말했는데, 귀에 들어오지도 않았다. 분명히 우리 집, 동생의 데스크톱과 휴대폰에서 작성된 것들이었다. 우리의 그 석촌동 집에서. 나는 그제서야 그동안 이틀이 멀다 하고 올라오던 보안 공지가 대부분 동생과 나 때문이었다는 것을 깨달았다. 동생은 나를 혈육이라고 불렀다가, 지인이라고 불렀다가, 절친이라고 불렀다가 하면서 내가 밤마다 넋두리한 것들을 부지런히 인터넷에 올리고 있었다. 동생이 이런저런 커뮤니티를 많이 한다는 것은 알고 있었지만, 그냥 맛집이나 한정판 정보 따위나 얻는 줄 알았는데. 동생은 이딴 짓이 재밌었을까? 도저히 동생 목소리로 읽히지 않는 것들이었다. 내 동생이 네임드 유저였다니…… 뭐라도, 그 자리에서 어떻게든 뭐라도 말해야 할 것 같아서 입술을 달싹였지만, 도저히 할 수 있는 말이 없었다. 죄송하다고, 죄송하다고 말하려고 했지만 목소리도 제대로 나오지 않았다. 억지로 목구멍에서 쇳소리 같은 것을 짜내어 간신히 중얼거릴 뿐이었다. 팀장은 길게 이야기하는 것을 원하지 않았다. 다만 조용히 근로계약서의 비밀유지 항목을 상기시켰다.

*

사건 직후 막상 동생 얼굴을 보자 이상하게도 모든 감정이 가라앉았다. 동생은 엄청나게 울면서 사과했지만, 그런 동생의 얼굴을 보면서 나는 나의 어딘가가 돌로 변해 버린 느낌을 받았다. 내 앞에서 울고 있는 동생이 한없이 생경하게 느껴졌다. 동생이 그렇게 천박한 말투를 아무렇지도 않게 구사했다는 것을 믿을 수 없었던 것만큼 동생이 그렇게 내 눈 앞에서 오열하고 있다는 것을 믿을 수 없었다. 나는 그 모든 일에서 딱히 현실감을 느끼지 못했다. 하지만 그러다가도 어느 순간에, 사실은 일이 발생했음이 마치 이명처럼 나를 엄습하는 것이었다. 그리고 그런 이명의 순간이 지나가고 나면, 모든 것이 그저 그렇게 고여 썩어 가는 중이라는, 하나의 슬픔이 만져졌다. 그것도 일종의 돌 같았지만.

그 후 얼마 동안은 잠으로 도피했다. 잠잘 때가 가장 평화로웠으니까. 수많은 꿈을 꾸었지만 눈을 뜨고 나면 기억나는 것이 거의 없었다. 그러다가, 그러다가…… 꿈속에서 어린 시절이 어렴풋하게 반복되기 시작한 후에야 나는 도피성 잠자기에서 서서히 빠져나올 수 있었다.

생각해 보면 동생은 아주 어릴 때부터 호사가 기질이 다분했다. 그런 동생이 피곤하게 느껴질 때도 종종 있었지만, 동생의 그런 기질 자체를 미워한 적은 없다. 곁에서 가만히 동생의 감정 기복과 흥분을 보고 있노라면, 그게 어이가 없으면서도 웃기고, 또 꽤나 귀엽게 느껴지고는 했으니까.

겉으로는 시큰둥하고 무덤덤하지만 속으로는 싫은 게 많아 마음속으로 줄곧 짜증의 가위표를 쳐 대는 나와는 달리, 남의 일도 자기 일처럼 받아들이고 무슨 일에든 리액션이 큰 동생이다. 내 감정이 거의 먹색이라면, 고작해야 그것의 스케일이 짙어지고 옅어질 뿐이라면 동생은 아주 생생한 총천연색의 인간이랄까. 일희일비와 감정이입으로 하루가 바쁘고 세상에 대한 호기심으로 꽉 찬 무지개 같은 인간. 근처에 사람이 많으면 많을수록 더욱 빛나는.

동생에게는 언제나 출처를 알 수 없는 온갖 소문과 수상한 정보가 넘쳐 났다. 너무나 웃기고 어이없으면서도 원초적인 호기심을 건드리던 그 화젯거리들. 나의 리액션이라고는 껄껄대는 웃음과 *진짜? 진짜?* 하는 흔한 대꾸뿐이었지만, 동생은 그것만 받고도 계속 말할 수 있는 사람이다. 그는 이야기 화수분을 가진 스몰토크의 왕이니까. 어떤 내용도 즐겁게, 웃기게 각색해 내는 나의 동생. 어떤 소재와 분위기도 캐주얼하게 이끄는 나의 동생. 길게 누운 채 낄낄대는 우리의 머리 위로 흘러가던 온갖 이야기들. 아아, 돌이켜 보면 너무나도 경박했던.

나는 뭔가를 선택하고, 구하고, 결정해야 할 때 늘 동생에게 먼저 의견을 묻고는 했다. 언제나 똑부러지는 동생은 자신이 아는 모든 것을 긁어 모아 나에게 더없이 명쾌한 답을 내려 주고는 했다. 언제나 나의 생각 밖에서 도착한 그 해답이, 그 갈피갈피에 들어 있던 새로운 비유와 촌철살인들이 왜 그렇게까지 좋아 보였을까. 나에게 동생의 그런 조언들은 마치 햇것처럼 느껴지고는 했다. 아직 먼지 하나 안 탄 것, 갓 수확한 센스를 담은 산뜻하고 시원한 것, 일반과 보편은커녕 새로운 트렌드도 채 되지 않은, 꼿꼿하고 뾰족하게 돋기 시작한 무엇. 호모사피엔스의 상냥함과 통찰력과 이타심의 가능성을 품은.

그러나 이제는 아무것도 모르겠다. 내가 그렇게 믿고 받아들인 것들이 고작 익명 뒤에 드러누운 호모사피엔스의 싸구려 수다는 아니었을까. 악의와 꼬인 마음 앞에 닳고 닳은 것. 심술과 루머와 귀찮음이 범벅된, 아무것도 아닌 것. 당장은 청량함을 주지만 다음 수확을 불가능하게 하는. 호모사피엔스의 그릇된 전파 본능에서 비롯된.

*

그냥, 그렇게 될 일이었겠거니 할 뿐이다.
그냥, 그렇게 될 일이었구나 한다.
그냥, 그렇게 된 일이다.

*

주로 정오 즈음에 일어난다. 더 이상 빨간색 직행버스를 기다리지도, 종종대며 잠실역으로 걸어가지도 않는다. 아침이자 점심으로 커피를 마시면서 잠깐 멍한 시간을 보낸다. 커튼을 열어 보면 창밖 호수는 언제나 불길한 녹색이고, 뿌연 대기

속에서 평화롭고, 잔잔하다. 근처 놀이공원에서 인간들이 중력을 즐기며 비명을 지르는 소리가 희미하게 들린다. 요즘엔 데스메탈을 잘 안 듣는다. 대신 엉뚱하게도 뉴에이지를 듣는다. 미세먼지 속에 뉴에이지를 틀어 놓고서 나름대로 자아 성찰을 하노라면, 100년 정도 빠르게 늙어 버린 기분이 든다. 커피에서 진흙 맛이 나기도 한다. 출토된 맛이랄까.

커피를 다 마시면 샤워를 한다. 정수리에 찬물을 끼얹어야 잠이 확실히 달아난다. 머리가 깨어나면 책상에 앉는다. 유튜브와 책을 보면서 웹과 유니티* 공부를 한다. 이른 저녁쯤이 되면 먹을 것을 챙겨 먹고 잠깐 낮잠도 저녁잠도 아닌 것을 잔다. 일어나면 호수에 나간다. 가는 길에 동네 부동산 터줏대감 냥님을 만나 눈키스를 주고 받는 것이 나의 소소한 행운이고, 호수를 한 바퀴 돌다 만난 산책 개님들에게 몰래 인사를 보내는 것이 나의 소소한 행복이다. 집에 돌아오면 밤까지 책을 읽고 일기를 쓴다. 이 시간은 회복의 시간이랄까. 책-소용돌이의 방과 주차장 초소를 추억하며 그동안 닳아 버린 나를 찾아 다시 조립하는 시간. 그러고 나면 보통 자정이 다 되어 간다.

그때부터 그날 오후에 배운 것을 토대로 새벽 4~5시까지

---

*유니티 테크놀로지에서 만든 게임 제작을 위한 엔진.

집중해서 게임을 만든다. 유니티를 본격적으로 사용하면서 그 놈의 '게임적 전능감'이란 것을 어느 정도 느끼게 되었다. 초기 구동 화면에서 툭 떨어지는 빛 한 줄기와 아스라한 지평선과 그것을 지켜보는 카메라. 너무 아무렇지도 않게 무료로 제공되는 이 요소들을 보고 있노라면 집도 절도 없는 초보 개발자 주제에 마치 창세기의 신이 된 것 같은 느낌을 감히 받게 되는 것이다. 신처럼 *빛이 생겨라!* 주문하기도 전에 도착해서 나의 조작에 납작 엎드려 복종하는 창백한 인공조명이라니.

그 곁에서, 그러니까 그 옆에 열어 둔 비주얼스튜디오 안에서 true와 false를 양손으로 쥐어 보며 저울질하고, if와 else의 틈에서 미끄러지며 '월드'를 한 땀 한 땀 기워 나가는 밤. 진흙 코에 입김을 후— 불어 넣는 신처럼 나도 가짜 신이 되어 이 황량한 화면에 좌표를 불어넣어 뼈와 살을 일으키는 상상을 한다. 나는 하찮은 미물 개발자인 까닭에 신처럼 음성으로 개발할 수는 없다. 온갖 기상천외한 에러가 번쩍이는 콘솔창 앞에서 밤새 낑낑대고는 한다. 무한 루프에 빠져 뻗어 버린 랩탑 앞에서 나도 엎드려 뻗어 버리기 일쑤다. 그래도 어찌 보면 좋은 일이라고 생각하고 있다. 덕분에 정신줄 놓고 미친 전능감에 잡아먹히지 않을 수 있으니 말이다.

그날의 '보시기에 좋은 것'이 웬만큼 마무리되면 안대를 쓰고 잠자리에 든다. 가끔씩은 맥도날드에서 베이컨토마토에그

머핀과 핫케이크를 시켜 먹으며 아침까지 뭔가 하기도 한다. 요즘처럼 말을 안 하고 산 적이 없는 것 같다. 이렇게까지 혓바닥이 깨끗했던 적이 없다.

언젠가 서은수 팀장이 나에게 시험하듯 물어본 적 있다. 게임의 경쟁 상대가 뭔지 아냐고. 내가 전혀 감을 잡지 못하자, 팀장은 선언하듯이 말했다. 게임의 경쟁 상대는 인간의 모든 여가, 그 자체라고. 팀장은 여운이라도 주려는지 잠시 입을 다물었다가, 묘하게 들뜬 어조로 열심히 부연했다. 따라서 게임은 인간에게 무엇보다 몰입감을 주어야 한다고. 그러기 위해서는 자극적이어야 한다고. 확실하게 뭔가 터뜨려 주어야 한다고. 전능감, 우월감을 주면서.

하지만 나는 내가 만든 게임으로 그 무엇과도 경쟁할 생각이 없다. 모든 사람들이 여가는 여가로, 그냥 여유롭게, 아무와도 어떤 이유로도 무엇과도 싸우지 않고 평화롭게 보내기를 진심으로 바란다. 혹 여가를 게임에 쓰는 사람들도 있을 테다. 그러나, 그렇다고 하더라도. 그가 게임 안에서도 경쟁하지 않기를 바란다. 싸우지 않기를 바란다. 물론, 그에게 멀미도, 전능감도, 우월감도 없었으면 좋겠다.

내가 만들고 있는 게임은 고양이 게임이다.

주묘공 고양이는 아직 털과 이름이 없는 예비 고양이다. 이 투명한 고양이는 캣타워 마을 맵을 마음껏 돌아다니며 다양한 색깔의 털공을 모은다. 중간중간 다른 고양이나 개를 만나 친교를 나누고 냥생이나 멍생에 대해 수다를 떨기도 한다. 그루밍 방법이나 식사 예절, 인간 집사와 소통하는 법도 배운다. 주묘공 고양이가 마지막 캣타워에 무사히 도착하면 고양이의 신을 만날 수 있다. 고양이의 신은 주묘공에게 털코트를 선물하고 이름을 지어 준다. 털코트의 재료는 주묘공 고양이가 그동안 캣타워 마을에서 모아 둔 털공이다. 물론 털을 모으지 못했어도 상관없다. 스핑크스 고양이가 되면 되니까. 멋진 코트가 완성되면 신은 커다란 책을 꺼내 고양이의 이름을 골라 준다. 그 책에는 호모사피엔스의 위대한 기록에 등장한 고양이의 이름이 가득 들어 있다. 「모스크바의 신사」에 나오는 회색 고양이 드로셀마이어, 「가재가 노래하는 곳」의 사랑스러운 선데이 저스티스, 「성호사설」 속 사랑과 의리의 금묘, 「나, 참치 여자」의 흰 고양이 누누트시, T. S. 앨리엇 할아버지의 버스토퍼 존스와 젤리클 소속 럼 텀 터거, 젤리로럼 등등.

그렇게 코트와 이름이 준비되면, 예비 고양이는 그것을 입고 진짜 고양이가 되어 세상으로 내려간다. 만약에 신이 선물해 준 코트와 이름이 마음에 안 든다면, 다시 길을 떠나 캣타워 마을을 돌아다니면 된다. 이 고양이는 콧바람을 쐬고 싶은 만큼 산책하고, 그러다가 피곤하면 쉬고 싶은 만큼 휴식을 취한다. 게임에 시간 제한은 당연히 없다. 점수도 없다. 아무와도 경쟁하지 않는다. 무엇과도 서로 공격하지 않는다. 점프 연습을 하다가 실수로 캣타워 꼭대기에서 멀리멀리 떨어져도 상관없다. 스페이스 바를 아홉 번 누르면 고양이는 다시 야옹— 하고 나타나 존재를 위한 모험을 시작한다. 왜냐하면, 고양이의 목숨은 아홉 개니까.

라이브까지는 아직 갈 길이 멀다. 하지만 괜찮다고 생각한다. 미래의 노인대학 게임 왕은 플레이어 게임 왕이 아니라, 개발자 게임 왕일 수도 있는 것이다.

배가 고프다. 시계를 보니 새벽 3시 50분! 벌써 맥모닝 주문이 가능한 시간이 되었다. 오늘은 아침까지 조금 더 일해 보기로 한다.

나는 아름다운 것을 만들고 싶다. 나는 문학적인 것을 하고 싶다. 그리고, 사람들이 그것을 즐기며 사랑하기를 바란다. 그래서, 나는 문학적인 게임을 만들고 있다.

작가의 말

『키코 게임즈: 호모사피엔스의 취미와 광기』 CBT를 함께 해 주신 모든 분들께 감사드립니다.

젤리클 TL 제제 씨, 미학과 친구들과 선생님, 신사동 매직 핸즈 세영 편집자님. 모두 여러분 덕분입니다.

토니 타키타니 친구 M, 남반구의 L, 변호사 D, 동귀 K 언니, 동네 괴테들. 여러분의 자문 잊지 못해요.

사랑하는 우리 엄마. 언제나 이상한 데만 골라 딛는 골치 아픈 딸이라 죄송해요. 누구보다도 무한한 당신의 인내와 사랑. 엄마, 나도 사랑해요. 늘 미안하고 고마워요.

그리고, 사랑하는 아빠. 민아의 문학은 아빠로부터 왔어요.

그걸 너무 늦게 알았습니다. 편안히, 즐겁게 읽어 주세요. 영원히 사랑합니다.

*

이야기를 통과하며, 그 과정에서 미적인 스파크를 만나는 일. 그것에 감염되어 이상하고 행복한 사람이 되는 일. 그런 일을 좋아합니다.

텍스트-소용돌이를 타고 0과 1의 세계를 건너, 이 구석진 독신자 아파트까지 몸소 타박타박 *띵동띵동* 찾아온 등장인물 여러분. 당신들이 들려준 이야기 덕분에 또 한 권의 호모 사피엔스 소용돌이가 태어났습니다. 고맙습니다.

*

그럼, 『키코게임즈: 호모사피엔스의 취미와 광기』 배포 시작하겠습니다.

고등어 태비 오대오 씨, QA에서처럼 테스트하면 됩니다.

IDC의 리얼 톰캣. 치즈 태비 와플 씨, 모니터링 부탁드립니다.

그동안 너무 고생한 우리 유라 디렉터 님, 이제 라이브 서비스에서 만나요.

모든…… 위대한 당신들에게 다시 한번 감사드립니다.

멋쟁이 호모사피엔스 여러분의 플레이와 리뷰를 기다리며.
취미와 광기의 이야기, 실서버, *셋 전환*.

2022년 청량한 날,
심민아

추천의 글

게임보다 더 재밌다! 심민아는 현실 고증의 신이다. 게임을 못 하는 조유라가 게임 기획자가 된 현실은 하나의 게임이다. 빡센 현실은 그 자체로 루프 물이며 인생은 전투가 디폴트다. "이런 이상한 곳에서 내가 뭘 하고 있는 건지 모르겠다." 하지만 유라는 포기하지 않는다. 지키고 싶은 아름다움이 있기 때문에. 『키코게임즈』는 그 한 줌의 가치를 독자에게 건넨다. 아무도 싸우지 않고 아무도 다치지 않는 게임. 그런데 재미있는 게임. "콧바람을 쐬고 싶은 만큼 산책하는" 게임. 그런 아름다움을 조용히 응원하게 된다. 처음엔 작가의 블랙 유머에 낄낄 웃을 테지만 어느새 당신은 울고 있을 것이다. 심민아는 『키코게임즈』라는 아름다운 게임을 만든 셈이다. — 문보영(시인)

추천 〔얼리 액세스 평가〕

이 소설의 장르를 뭐라고 규정할 수 있을까, 일단 WASD 키가 있으니 FPS(일인칭 슈팅). 반복되는 출퇴근 속에서 일상이 조금씩, 원치 않는 방향으로 흘러가는 루프 물. 게임 포비아에서 게이머로, 게이머에서 게임 만드는 사람으로 레벨 업해 가는 육성 시뮬. 펼치자마자 다짜고짜 하드모드 주의. 그야 이건 게임이 아니라 인생이니까. 월드와 캐릭터의 관계가 명쾌하게 설명되는 시스템 속에 있지 않으니까. 따라서 이 이야기에는 굿 엔딩도 배드 엔딩도 없다. 트루 엔딩, 진짜 끝이 아니기 때문이다. 누가 뭐래도 나는 이 소설의 주인공이 만든 게임을 꼭 플레이해 보고 싶다. 적을 쓰러뜨리기 위해 강해져야 하고, 강해지기 위해 적을 쓰러뜨려야만 하는 자본주의적 반복 구조에 의문을 제기하는 주인공의 게임 철학에 작은 마음(♥)을 보태고 싶다. — 박서련(소설가)

오늘의
젊은 작가
38

키코게임즈: 호모사피엔스의 취미와 광기

심민아 장편소설

1판 1쇄 펴냄 2022년 9월 9일
1판 2쇄 펴냄 2022년 12월 12일

지은이 심민아
발행인 박근섭·박상준
펴낸곳 (주)민음사

출판등록 1966. 5. 19. 제16-490호
주소 서울시 강남구 도산대로1길 62(신사동)
강남출판문화센터 5층(06027)
대표전화 02-515-2000 | 팩시밀리 02-515-2007
홈페이지 www.minumsa.com

ISBN 978-89-374-7338-8 (04810)
ISBN 978-89-374-7300-5 (세트)

* 잘못 만들어진 책은 구입처에서 교환해 드립니다.
* KOMCA 승인필.

당신이 소장해야 할 한국문학의 새로움, 오늘의 젊은 작가 시리즈

01 아무도 보지 못한 숲 조해진
02 달고 차가운 오현종
03 밤의 여행자들 윤고은
04 천국보다 낯선 이장욱
05 도시의 시간 박솔뫼
06 끝의 시작 서유미
07 한국이 싫어서 장강명
08 주말, 출근, 산책 : 어두움과 비 김엄지
09 보건교사 안은영 정세랑
10 자기 개발의 정석 임성순
11 거의 모든 거짓말 전석순
12 나는 농담이다 김중혁
13 82년생 김지영 조남주
14 날짜 없음 장은진
15 공기 도미노 최영건
16 해가 지는 곳으로 최진영
17 딸에 대하여 김혜진
18 보편적 정신 김솔
19 네 이웃의 식탁 구병모
20 미스 플라이트 박민정
21 항구의 사랑 김세희
22 두 방문객 김희진
23 호재 황현진
24 방콕 김기창